共和国故事

改革前沿

——深圳经济特区建立与发展

郑明武 编写

吉林出版集团股份有限公司

图书在版编目（CIP）数据

改革前沿：深圳经济特区建立与发展/郑明武编. —长春：吉林出版集团股份有限公司，2009.12

（共和国故事）

ISBN 978-7-5463-1778-6

Ⅰ．①改… Ⅱ．①郑… Ⅲ．①纪实文学－中国－当代 Ⅳ．①I25

中国版本图书馆 CIP 数据核字（2009）第 237780 号

改革前沿——深圳经济特区建立与发展

GAIGE QIANYAN　　SHENZHEN JINGJI TEQU JIANLI YU FAZHAN

编写　郑明武

责任编辑　祖航　李娇

出版发行　吉林出版集团股份有限公司

印刷　三河市嵩川印刷有限公司

版次　2010 年 1 月第 1 版　　　　　2022 年 1 月第 10 次印刷

开本　710mm×1000mm　1/16　　　印张　8　字数　69 千

书号　ISBN 978-7-5463-1778-6　　　定价　29.80 元

社址　吉林省长春市福祉大路 5788 号

电话　0431－81629968

电子邮箱　tuzi8818@126.com

版权所有　翻印必究

如有印装质量问题，请寄本社退换

前　言

　　自1949年10月1日中华人民共和国成立至今,新中国已走过了60年的风雨历程。历史是一面镜子,我们可以从多视角、多侧面对其进行解读。然而有一点是可以肯定的,那就是,半个多世纪以来,在中国共产党的领导下,中国的政治、经济、军事、外交、文化、教育、科技、社会、民生等领域,都发生了深刻的变化,中国人民站起来了,中华民族已屹立于世界民族之林。

　　60年是短暂的,但这60年带给中国的却是极不平凡的。60年的神州大地经历了沧桑巨变。从开国大典到60年国庆盛典,从经济战线上的三大战役到经济总量居世界第三位,从对农业、手工业、资本主义工商业的三大改造到社会主义市场经济体制的基本确立,从宜将剩勇追穷寇到建立了强大的国防军,从废除一切不平等条约到独立自主的和平外交政策,从"双百"方针到体制改革后的文化事业欣欣向荣,从扫除文盲到实施科教兴国战略建设新型国家,从翻身解放到实现小康社会,凡此种种,中国人民在每个领域无不留下发展的足迹,写就不朽的诗篇。

　　60年的时间在历史的长河中可谓沧海一粟。其间究竟发生了些什么,怎样发生的,过程怎样,结果如何,却非人人都清楚知道的。对此,亲身经历者或可鲜活如昨,但对后来者来说却可能只是一个概念,对某段历史的记忆影像或不存在,或是模糊的。基于此,为了让年轻人,特别是青少年永远铭记共和国这段不朽的历史,我们推出了这套《共和国故事》。

《共和国故事》虽为故事,但却与戏说无关,我们不过是想借助通俗、富于感染力的文字记录这段历史。在丛书的谋篇布局上,我们尽量选取各个时代具有代表性或深具普遍意义的若干事件加以叙述,使其能反映共和国发展的全景和脉络。为了使题目的设置不至于因大而空,我们着眼于每一重大历史事件的缘起、过程、结局、时间、地点、人物等,抓住点滴和些许小事,力求通透。

历史是复杂的,事态的发展因素也是多方面的。由于叙述者的视角、文化构成不同,对事件的认知或有不足,但这不会影响我们对整个历史事件的判断和思考,至于它能否清晰地表达出我们编辑这套书的本意,那只能交给读者去评判了。

这套丛书可谓是一部书写红色记忆的读物,它对于了解共和国的历史、中国共产党的英明领导和中国人民的伟大实践都是不可或缺的。同时,这套丛书又是一套普及性读物,既针对重点阅读人群,也适宜在全民中推广。相信它必将在我国开展的全民阅读活动中发挥大的作用,成为装备中小学图书馆、农家书屋、社区书屋、机关及企事业单位职工图书室、连队图书室等的重点选择对象。

编　者
2010 年 1 月

目录

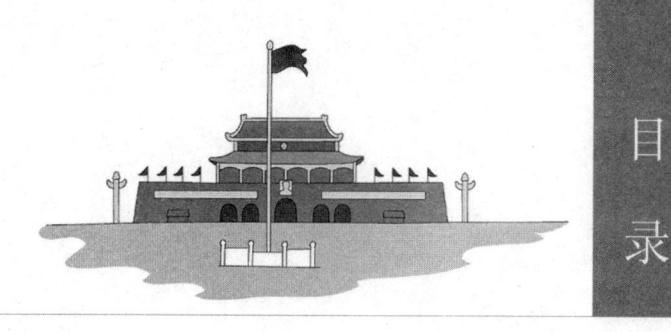

一、开办探索

广东提出开办加工区/002

中央讨论决定开办特区/006

颁布广东经济特区条例/011

深圳特区正式挂牌成立/017

二、艰苦创业

特区做好人才引进工作/022

特区获得多项政策优惠/032

出台特区发展规划大纲/035

工程兵加入基建大军/040

特区建设者艰苦创业/045

深圳基本建设初见成效/049

三、深化改革

深圳改革引来巨大争议/058

中央肯定深圳改革成果/061

推动土地管理体制改革/069

率先进行股份制改革/073

深圳推行住房制度改革/078

目录

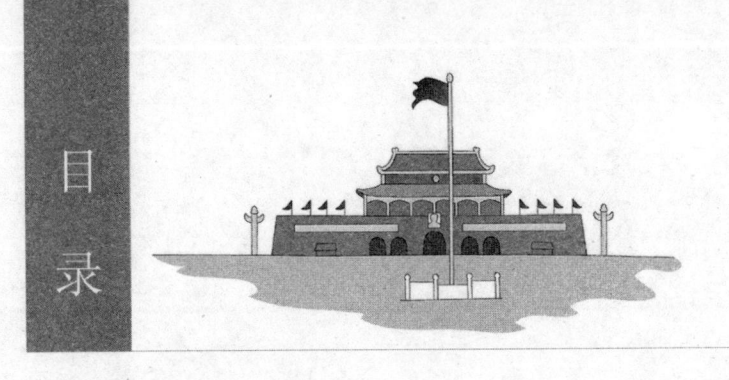

四、开创辉煌

邓小平肯定深圳改革/082

深圳金融业发展迅速/087

深圳高科技引领全国/096

深圳特区涌现创业热潮/106

深圳成功模式享誉全国/116

一、开办探索

- 吴南生质问汕头地委的领导们："我们当年豁着性命扛起枪杆闹革命，可不是为了换取眼前的这样一幅江山啊！"

- 王全国提出："我们迫切要求进行体制改革，使地方在中央统一计划下，省、市、自治区真正有一级计划、财政、物资。"

广东提出开办加工区

1978年，中国高层领导人一改以往很少出访的惯例，形成了一股出访热，一年中有13位副总理和部分副委员长以上的领导人，先后21次访问了51个国家。

这些地区以往都被看作是代表资本主义的，而此时领导人如此频繁地访问这些国家和地区，无疑在向人传达着某种信息。

果然，这一年年底召开的党的十一届三中全会决定，把全党全国的工作重点转移到现代化建设上来。于是，改革开放就成为当时最紧迫的任务。

1979年新年伊始，时任广东省委书记的吴南生前往汕头等地，传达党的十一届三中全会文件精神。

到达汕头后，进入吴南生眼帘的除了贫困和落后，便是在破败的街道上四处散发着臭气的粪便。

看到汕头的落后，吴南生质问汕头地委的领导们："我们当年豁着性命扛起枪杆闹革命，可不是为了换取眼前的这样一幅江山啊！"

此时，吴南生想起一位海外的朋友为他出的主意，那位朋友问他："你们敢不敢办像台湾那样的出口加工区？敢不敢办像自由港这一类的东西？如果敢办，那就最快，你看新加坡他们的经济是怎么发展起来的？"

此刻，看到汕头的景象，再回想起那个朋友的话，吴南生的思绪久久不能平静。

夜已经深了，而吴南生却没有丝毫困意，经过长时间的思虑后，吴南生拿起笔，给广东省委写了一封电报。吴南生在电报中写道：

仲勋、尚昆同志并报省委：

汕头地区劳动力多，生产潜力很大，对外贸易、来料加工等条件很好，只要落实政策，调动内外积极因素，同时打破条条框框，下放一些权力，让他们放手干，这个地区生产形势、生活困难、各方面工作长期被动的局面，三五年内就可从根本上扭转……

这封1300字的电报，后来被人们认定是中国创办经济特区的先声。

收到吴南生的电报后，广东省委办公厅负责人陈仲旋非常重视，他马上让办公厅"即打印，发常委、副主任"。

1979年2月28日，吴南生回到广州后，广东省委第一书记习仲勋就亲自上门，同吴南生交换意见。

3月3日，也就是吴南生回到广州的第四天，中共广东省委召开常委会。

在此次常委会上，吴南生的关于提议在汕头开办出口加工区的想法，获得了常委们的一致认同。

同时，在此次会上，广东省委还认为广东有两大优势：毗邻港澳和华侨众多。只要中央在经济政策上给予广东充分的自主权，广东就可以完全利用这两个优势，加快经济发展的步伐。

因此，广东省委认为，不单是在汕头办一个出口加工区，还应该在珠海、深圳也办。

最后，广东省委决定把开办出口加工区的想法报告给中央。

1979年4月2日下午，广东再次召开省委常委会，会议由省委第二书记杨尚昆主持。参加此次会议的除省委常委外，还有有关经济部门的负责人。

此次会议主要是听取广东省对外经济联络办公室起草的《充分利用广东有利条件开展对外技术交流》的汇报，当吴南生正要走进会场时，一位秘书叫住了他。

秘书神情紧张，悄声说："吴书记，我有些怕。"

吴南生问："你怕什么？"

秘书环顾了一下四周，才说："我怕您被抓起来。"

事实大大出乎这位秘书的意料。吴南生不仅没有被抓，他的发言还受到了大家的一致认可。

在会上，吴南生激动地说："要向中央提出几个大的要求，要中央下决心让广东先走一步，搞几年，待有了经验，如认为可行，全国可以推广。"

常委们听了吴南生的发言后，都认为应该请示中央

考虑广东的特殊情况,让广东在四个现代化建设中先走一步!为此,常委们提出了具体要求:

1. 对广东开展对外经济技术交流的审批权适当下放,对外汇分成更多地予以照顾,对资金、物资的安排大力给予支持;
2. 将深圳、珠海和汕头市的礐石、达濠三地划为对外加工贸易区。

就这样,广东作为改革开放的最前沿,最早发出了希望改革的呼声。

中央讨论决定开办特区

1979年4月5日至28日,中共中央在北京召开中央工作会议。各省、市、自治区党委第一书记和主管经济工作的负责人,中央党政军负责同志参加会议。

广东省委第一书记习仲勋、主管经济工作的省委书记王全国和一位抓农业的省委常委,出席了这次中央工作会议。

4月7日上午,在中南组的讨论中,王全国提到经济上比例严重失调的问题时,说道:"主要还是由于权力过于集中,地方权力过小,这个问题不解决,扩大企业自主权也是难于解决的,地方没有多大的权力,还有什么权力分给企业呢?"

同时,王全国还提出:"我们迫切要求进行体制改革,使地方在中央统一计划下,省、市、自治区真正有一级计划、财政、物资。"

4月10日,王全国再次发言。

在发言中,王全国明确提出,对开展对外经济技术交流的审批权限适当下放,对外汇分成更多地给予照顾,对资金、物资安排给予大力支持。

最后,王全国还代表广东省委建议,运用国际惯例,将深圳市、珠海市和汕头市划为对外加工贸易区。

4月24日，王全国又一次发言，他明确提出关于中央与地方分权等问题。

小组讨论结束之后，中央政治局在中南海听取各小组召集人的汇报。

汇报开始后，作为中南组的召集人，习仲勋对政治局委员们说："我们省委讨论过，这次来开会，希望中央给点权，让广东能够充分利用自己的有利条件先走一步。允许在毗邻港澳的深圳、珠海以及属于重要侨乡的汕头，各划出一块地方，单独进行管理，作为华侨、港澳同胞和外商的投资场所，按照国际市场的需要组织生产，初步定名为贸易合作区。"

接着，习仲勋讲了广东的经济现状和广东省委关于广东开放、搞活的设想。

在汇报中，习仲勋重点提到了广东省委要求中央在深圳、珠海、汕头划出一些地方实行单独的管理，作为华侨、港澳同胞和外商的投资场所，按照国际市场的需要组织生产，并初步定名为"贸易合作区"。

习仲勋的汇报得到了政治局委员们的赞许和支持，广东可以先走一步，中央、国务院下决心给广东搞点特殊政策，与别的省不同一些，自主权大一些。

4月底，在向政治局汇报之后，叶剑英向广东省委提出，应该向邓小平做一次汇报。

于是，广东省委的领导就来到了邓小平的家。

当听到广东要开办"贸易合作区"时，邓小平明确表示支持，他还说道："就叫特区嘛！陕甘宁就是特区。"

有了邓小平等党和国家领导人的支持，开办特区工作的步伐就加快了。

中央工作会议后，根据各组的发言和建议，又根据邓小平同志的倡议，很快形成《关于大力发展对外贸易增加外汇收入若干问题的规定》（以下简称《规定》）。

《规定》在"要充分发挥广东、福建两省的有利条件"一节中指出：

> 广东、福建两省邻近港澳，华侨众多，发展对外贸易的条件十分有利。中央规定，对这两省要采取特殊政策和灵活措施，让他们在开展对外贸易，增加外汇收入，加速发展地方经济方面有更广阔的活动余地，为国家四个现代化作出更大的贡献。

回到广东后，广东省立刻成立了由王全国、曾定石牵头的起草小组，具体负责起草《汇报提纲》和《关于试办深圳、珠海、汕头出口特区的初步设想》。

5月中旬，时任国务院副总理的谷牧率领中央工作组来到广东、福建。

谷牧此行的目的主要是和两省党政领导干部以及专家共同进行深入细致的调查研究，并共同起草关于对外经济活动实行特殊政策、灵活措施的文件。

1979年5月25日，经过半个多月的反复研究，王全国等人终于起草完毕《关于发挥广东优越条件，扩大对外贸易，加快经济发展的报告》。

这个"报告"包括以下五个方面的内容：

1. 扩大对外贸易，加快经济发展的优越条件；
2. 初步规划设想；
3. 实行新的经济管理体制；
4. 试办出口特区；
5. 切实加强党对经济工作的领导。

6月6日，经过讨论研究后，广东省委向中共中央、国务院上报这个报告。

7月15日，中央颁发了〔1979〕50号文件，即《中共中央、国务院批转广东省委、福建省委关于对外经济活动实行特殊政策和灵活措施的两个报告》（以下简称《报告》）。

《报告》决定：

广东省的深圳市、珠海市、汕头市和福建省的厦门市，各划出一定范围的区域，试办经济特区。

在特区内，在维护我国主权、执行我国法

律法令等原则下，实行经济开放政策，吸引侨商、外商投资办厂，或同他们合办企业，引进先进技术，发展对外贸易。

自此，开办特区的帷幕正式拉开了！

颁布广东经济特区条例

1979年5月,习仲勋在对广东省、地、县级主要领导干部谈话时,说出了当时自己的心境,他说:"我的心是一喜一惧。"

对于喜,习仲勋说:"'先走'也好,'要权'也好,广东的目的已经达到,能够在实现'四化'中先走一步,为全国摸索一点经验,这个任务很光荣。"

关于惧,习仲勋说:"惧的是我们的担子很重,任务很艰巨,又没有经验,困难不少,怎样搞好,能否搞好,我是有些担心的。"

在当时,和习仲勋一样担心的可不止一人,而是有一大批人,而最为关键的是,在这一大批担心者中还有外商。

当时,吴南生的一位海外朋友就对他说:"你们中国无法可依,无规可行,要人家来投资,谁敢来?特区要同国际市场打交道,就不能开国际玩笑。"

要让外商们放心,必须有法律来保护外商的利益。

事实上,特区的筹划者们从事情的一开始就想到了这件事。

在1979年5月5日第一份《关于试办深圳、珠海、汕头出口特区的初步设想(初稿)》中,就明确写道

"建议中央有关单位尽快提出一些立法和章程"。

谷牧到广东时，也曾经对吴南生讲："我们要做的第一件事，就是搞《特区法》《特区条例》。"

1979年8月，也就是中央发出50号文件半个月后，《特区条例》的起草工作就开始了。该项工作由吴南生牵头，秦文俊和曾经做过陶铸秘书的丁励松具体负责起草工作。

很快，《特区条例》的初稿就拿出来了。

然而，由于吴南生等人对外面的情况不熟悉，思想上的框框又不少，反映在条例中总是同当时世界上举办出口加工区的做法区别很大，不能体现造成吸引力的要求。

后来吴南生回忆说：

> 外面的朋友看了都摇头，说我们的条例对投资者不是"鼓励法"，而是"限制法"。

为此，《特区条例》又进行了多次修改，等到了12月京西会议的时候，已是11次易稿了。

在起草《特区条例》时，寻找理论依据也是一个重要的工作，为此，很多专家学者做了大量的工作。

当时，关于真理标准的讨论已经结束，人们对开放问题的认识已经有了很大程度上的提高，但是对于办经济特区这样在社会主义发展史上开天辟地的大事，许多人还存有疑虑乃至非议。

在这样的一种情势下,在马列著作中寻找相关言论支持特区,无疑是很有用的,对特区来说,它会是一张很管用的通行证。

于是,一批精通马列的专家学者被集中到广东省委党校,一次成规模地找理论依据的工作就此展开。

当然,理论根据要在马列经典著作中去找,这对那些早已熟读马列著作的专家学者来说,并不是多大的难事。

很快,他们就从《共产党宣言》中找到了马克思关于国家土地应该有偿使用的论述。

同时,理论工作者还举出了列宁的一段关于改革的话。列宁说:

> 要乐于吸取外国的好东西,苏维埃+普鲁士的管理制度+美国人的技术和托拉斯组织+美国的国民教育+……的总和=社会主义。

作为伟大革命导师列宁的话在当时无疑是权威的,是绝对没有人敢对列宁说"不"的。

于是,当吴南生把列宁的这句话告诉谷牧时,谷牧非常高兴,他笑着连连说:"真是太好了!解决了一个大问题!"

此后,列宁的这段话一直反复不断地被特区人在不同的时间、地点引用和强调。

后来，特区人将引进外国的先进技术、人才以及向海外一切有利于经济发展的法令、法规和政策措施学习，施以了一个冠冕堂皇的词汇，即"资为社用"，其理论依据就是列宁的这句话。

1979年12月17日，在北京京西宾馆召开的广东、福建两省工作会议上，吴南生汇报了《特区条例》起草情况。

12月下旬，广东省第五届人民代表大会第二次会议审议并原则通过了《广东省经济特区条例》。

关于《广东省经济特区条例》的一些情况，负责起草的丁励松后来回忆说：

> 这个只有1000多字的法规，是从纯青的炉火中提炼出来的，可以说是字字千钧。它的艰难之处在于：
>
> 一是要不要赋予特区充分的自主权，如果不能跳出现行体制之外，特区仍被捆住手脚，开放、改革的试验势必流于空谈。
>
> 二是对海外投资者的优惠政策、待遇，如何定得适度，如果在税收、劳务、地价等方面不比邻近的地区有更强的吸引力，人家肯定不会来。
>
> 三是因于传统观念，由于担心人们产生不

必要的联想，在某些提法上不得不做字斟句酌的推敲。例如："地租"的"租"字是犯忌的，因为过去有过"租界"、地主"收租"之类的称谓。经过大家的冥思苦想，最后改叫作"土地使用费"，这在当时也是个不小的发明。

当时，开办特区遇到的争议太大，因此《广东省经济特区条例》如果能够得到全国人大的通过，其意义是非常巨大的。

所以，一开始吴南生就多次对副总理谷牧说：这个法一定得要拿到全国人大去通过！

当然，吴南生的提议也遭到很多人的反对。当时，全国人大马上就有人提出异议：《广东省经济特区条例》是广东省的地方法规，要全国人大通过，无此先例。

吴南生就针锋相对地说："特区是中国的特区，不过是在广东办。"

吴南生还说："社会主义搞特区是史无前例的，如果这个条例没有在全国人大通过，我们不敢办特区。"

同时，吴南生还把电话直接打到全国人大委员长叶剑英的家里。

在电话里，吴南生恳切地说："叶帅呀，办特区这样一件大事，不能没有一个国家最高立法机构批准的有权威的法规呀！"

听了吴南生的话，叶剑英并没有做过多的表示，他只是说了三个字："知道了。"

当然，叶剑英是支持开办特区的，为此，他在全国人大做了很多工作，还反复地对大家说：

> 特区不是广东的特区，特区是中国的特区。

1980年8月26日，第五届全国人民代表大会第十五次会议审议批准建立了深圳、珠海、汕头、厦门4个经济特区，并批准公布实施了《广东省经济特区条例》（以下简称《条例》）。

《条例》第一条明确规定：

> 为发展对外经济合作和技术交流，促进社会主义现代化建设，在广东省深圳、珠海、汕头三市分别划出一定区域，设置经济特区。特区鼓励外国公民、华侨、港澳同胞及其公司、企业，投资设厂或者与我方合资设厂，兴办企业和其他事业，并依法保护其资产、应得利润和其他合法权益。

《广东省经济特区条例》是特区建设的纲领性文件，它的颁布标志着深圳特区的正式成立，因此，后来也把"1980年8月26日"定为深圳特区正式成立的日子。

深圳特区正式挂牌成立

1980年8月26日，炎热的南中国海边小城深圳，响起了一片噼噼啪啪的爆竹声。

在一阵阵欢呼声中，中国第一批经济特区中的第一号特区，即深圳经济特区正式挂牌成立。

深圳市位于祖国的南疆，广东省南部，毗邻香港。其前身为宝安县的县城。

由于特殊的地理位置，有约40万的深圳籍同胞居住在香港、澳门，再加上深圳是重要的侨乡之一，还有近30万祖籍深圳的海外华侨和外籍华商，这使深圳在吸引外商前来投资方面具有巨大的优势。

早在20世纪60年代，当时的宝安县委书记李福林就曾经提出"利用香港，建设宝安"，并得到了时任广东省委书记陶铸的支持。

然而，由于中国当时政治环境的影响，李福林的这个口号并没有得到实施。在以后的十多年中，宝安一直处于落后状态。

建立特区前，宝安全县有25%的生产队要吃国家的返销粮，人均年分配还不及香港新界农民10%的收入。

落后的局面，曾经使很多宝安的农民偷偷向香港等地逃去。

党的十一届三中全会后，中央转变了工作中心，经济建设与改革开放成了中国的主旋律，此时，具有优越地理位置的宝安县再次吸引了决策者的眼球。在酝酿成立经济特区时，大家首先看中的就是宝安。

1979年1月，宝安县改成深圳市，由广东省和惠阳地区双重领导。

国务院批转了广东的报告后，广东省委决定将原定的由广东与惠阳地区双重领导的体制，改为地区一级的省辖市，直属广东省领导。

随着《广东省经济特区条例》的颁布，深圳经济特区终于正式成立了。

特区成立后，广东省委指示省特区管理委员会和深圳市委共同研究、酝酿深圳经济特区的范围。

经过反复商讨，深圳市委向广东省委提交了《关于深圳经济特区范围和管理的请示报告》（以下简称《报告》）。

《报告》把特区范围确定为：

> 东起大鹏湾的背仔角，往西南延伸至蛇口、南头公社一甲村止的海岸边界线以北，北沿梧桐山、羊台山脉的大岭古、打鼓嶂、嶂顶、九尾顶、髻山、大洋山以及沙湾、独树村、白芒大队以南的狭长地带，总面积327.5平方公里。

深圳经济特区的建立，在国内外引起了巨大的反响，一时间，各地媒体纷纷都对深圳经济特区的建立发表看法。

香港《文汇报》称赞道：

> 这是有意同内地合作投资建厂者的喜讯，也是中外瞩目的大事，蛇口、深圳工业区的出现，无疑给本港的多元化带来一条新途径。

香港《成报》刊登了一位香港大学博士的谈话。这位博士说：

> 深圳、蛇口辟为工业区后，一是可以使本港工业用地供应紧张的情形减缓。二是由于一些土地昂贵无法在港建厂者转而在蛇口建厂，从而会使香港出现一些新行业，以配合蛇口工业区的发展，使工业多元化有了更广泛的基础。

随着特区的成立，特区的领导机构也逐渐建立起来了。

1980年6月12日，广东省委决定，任命省委书记吴南生兼任深圳市委第一书记。

6月13日，以深圳市委第一书记吴南生为代表的深圳市委领导成员走马上任，其中张勋甫为深圳市委常务书记，秦文俊、黄施民、方苞、罗昌仁等人为领导班子成员。

吴南生是广东省汕头市人，1936年肄业于汕头市商务英文专科学校，1936年参加革命工作，1937年加入中国共产党。

改革开放之初，吴南生正任广东省委常委、省委书记。

作为推动建立特区的功臣，吴南生这次受命担任深圳特区第一位行政长官，他自己深感责任重大，也更知道创业的艰辛。但为了改变现实贫困落后的面貌，他义不容辞地挑起了担子。

随着特区领导机构的成立，深圳建业的浩大工程开始了，一幅创造经济奇迹的伟大画卷也由此拉开。

二、艰苦创业

- 刘波说:"只要我们制定出一些优惠政策,创造一些优惠条件,我就有把握把人才招到特区来。"

- 陈野萍建议刘波:"你们还可以到上海、武汉等大城市去跑一下,我们也下个文件,你们先招聘,我们后给指标,你们招多少,我们就给多少指标!"

- 吴南生感触很大,他对罗昌仁说:"老罗,不把这水治住,这特区还怎么搞呀?"

特区做好人才引进工作

1980年，特区建立之初，深圳人才奇缺。7000多名干部中，从事行政工作的占绝大部分，仅有一名工程师和325名专业技术干部。

同时，深圳干部队伍还普遍存在年龄大、文化程度低的问题，大专文化程度以上的干部仅占总数的9%。年纪轻、文化程度高、懂技术、会经济、从事城市和企业管理的干部更是凤毛麟角。

这种状况极不适应特区建设的迫切需求。

"能安天下者，唯在用得贤才。"当时，深圳市委、市政府的领导清醒地认识到，创办经济特区是我国一项崭新的事业，而这项事业的建设又是在当今世界掀起新技术革命浪潮的形势下进行的。

我国创办经济特区，目的在于通过对外经济合作与交流，引进先进技术和科学管理经验。

因此，要建设这样一个现代化的新型特区城市，就需要有大批具备现代化知识的各种专业人才。

然而，特区成立之初，人才引进工作并不是太容易做，因为深圳的条件太艰苦了。

当时，罗显荣走马上任人民银行深圳分行行长，到了该吃饭的时候，他才发觉在如此大的深圳，居然买不到一只合适的饭碗，结果，硬是让家里人从广州把饭碗送来。

1981年时，调任《深圳特区报》总编辑的吴松营到深圳后，为找到一个写文章坐的凳子发愁。

后来，吴松营在一条小水沟里发现了一只被遗弃的小木凳，洗洗干净，就这样，这个小凳子跟了他8年。

就在吴南生上任之前，蛇口工业区的开发已全面展开。当时，交通部第二航务工程局党委副书记刘清林被调往蛇口。

面对深圳的情况，多年以后，刘清林仍然记忆犹新，刘清林说：

> 记得那天一大早我们就从广州上了路，待汽车"爬"到宝安境内时，已是掌灯时分。
>
> 一到南头半岛，我的心凉了大半截：房屋破旧，野草丛生，一条弯弯的烂泥巴路从荒山水塘穿过。
>
> 汽车剧烈地抖动起来，把我们高高抛起，再重重摔下，透过车窗和尾灯，我看到车尾后一片尘雾。
>
> 我被安排在水湾村一间流动渔民房住下，这里的渔民都靠打鱼摸虾过日子，水电都没通。大伙儿会想办法，水泵从一个小水塘抽水，在水塔里过滤一下就饮用了，并用小发电机解决

了电的问题。

面对着如此艰苦的环境，很多人退缩了。

1981年2月，面对深圳人才奇缺的情况，新任深圳市市长急了，他急令主管组织工作的市委常委刘波到省城求援。

刘波到深圳前曾任省委组织部副部长，自觉多少有点把握，便自信地说："先调几百人来应应急。"

深圳市市长却说："多多益善。"

于是，刘波先找到了省委书记任仲夷。

任仲夷听到情况后，非常重视，他明确指示，省直机关，包括广州市的干部，能调多少就调多少，可以调三分之一。

然而，事实却让刘波非常失望。

在得到任仲夷的指示后，刘波在广州开始了动员工作。他跑了几个星期，又是开会，又是做工作，又是个别谈话，到头来，只有20多个人同意到深圳来。

因为广州离深圳太近了，广州的干部太清楚深圳的艰苦环境了。

就这样，刘波怀着失败的心情，灰溜溜地回到了深圳，向深圳市市长交差。

看到刘波一行的"收获"，市长急了，他把刘波狠狠地训了一顿。

然而，训归训，问题还是要解决的。

此时的刘波并没有完全失去信心,他对市长说:"只要我们制定出一些优惠政策,创造一些优惠条件,我就有把握把人才招到特区来。"

听到刘波的表态,市长点头表示认可。

于是,深圳市委连夜开会,定出7条吸引人才的具体的措施,主要包括:

住房:工程师可分到两房一厅,高级工程师三房一厅;

户口:只要全家迁到深圳,不论家属户口是不是在城镇,一律可以报深圳户口,没有工作还可以安排工作;

工资:高于广州,低于香港;

……

此外,深圳市委、市政府还提出,妥善安排本人工作,聘用期满去留自由等。

有了这些政策上的优势,刘波感觉到有底了。

1981年11月底,刘波一行再一次外出为深圳招兵买马。这一次,刘波不是去省城广州,而是到北京,直奔中央组织部。

此前,刘波曾任广东省委组织部副部长,中组部去过无数次,但是哪怕是见到副部长的机会都很少。

这一次,刘波却受到了隆重接待。中组部部长陈野萍、副部长曾志，不仅热情地接见了刘波等人，还亲自主持部务会，召来各部门的负责人，让他们听刘波等人的汇报。

面对各部门的领导，刘波开始了汇报。刘波汇报的内容主要就是人才奇缺，急需支援。

为此，刘波还特别强调，如果按正常手续调动一个干部，档案要从地方到中央，再从中央到地方，没半年的时间是不行的，这样深圳可是等不起。

于是，刘波大胆地问："能不能也像招聘工人那样，公开地招聘特区所需要的干部？"

陈野萍思考了一下，明确地说："引进干部可以有多种渠道，选调可以，招聘也行，只要用人单位、受聘干部及其原单位三方同意。招聘可以先不转户口不调档案。合同期满，还可以回到原单位。"

陈野萍部长的话一出，顿时会场上响起了阵阵议论声。因为，在当时，我们的干部制度从来都是把人卡得死死的。

干部的正常调动，每个人都由上级部门作出计划，下达指标。干部调动的双方单位先要互发商调函，再进行政治审查，一切都没问题了，再按照干部调动的审批权限上报上级机关，无论在哪一级卡了壳都不行。

当时，有一个很流行的词汇叫作"两地分居"，指的就是夫妻两人常年在异地工作，每年只能靠30天的探亲假短暂地相聚，由此又产生了一句很"革命"的口号：

"舍小家，顾大家。"

陈野萍部长的这段话，无疑是对这种僵化的干部人事制度的松绑，其意义特别重大。

接着，陈野萍建议刘波："你们还可以到上海、武汉等大城市去跑一下，我们也下个文件，你们先招聘，我们后给指标，你们招多少，我们就给多少指标！"

同时，副部长曾志建议，把特区招聘干部的年限由35岁放宽到45岁，这是因为当时有很多大学生被耽误了十多年，此时年富力强，正是做事的年龄。

领会中组部的意见后，刘波开始到上海、武汉、重庆、成都等地，开始了他的动员工作。

据刘波后来回忆说：

> 那年我们在北京住了两个多月，当时国家有22个部，每个部都让我们跑到了，每个部的党组都听了我们的汇报。
>
> 接着，我们又分赴上海、武汉、重庆、成都、长沙、沈阳等12座大城市，所到之处，我们都在当地的报纸上刊登特区招聘干部的7条优惠政策，上海的《解放日报》还专门发了一则消息。

当时的《解放日报》是这样刊登的：

深圳经济特区这次来沪招聘的主要对象是建材、建筑、轻工、食品、化工、纺织、新闻广播、政法、园林、医疗、财经等方面的中高级技术人员和经济管理人员。

此外，还需部分工商业管理、金融、法律及英语等中高级师资。

凡年龄在45岁以下，身体健康的本市中级专业技术人员，高级技术人员年龄可适当放宽，经所在单位同意后，均可前往应聘。

对上述的干部，深圳特区将在生活、工作方面给予较好的优惠待遇。高中级干部调来深圳时，其在城镇无工作的配偶及子女可随同迁入。

工龄15年以上、40岁以上的，其配偶、子女在16岁以下、属农村户口的，可帮助转为城市户口。

经正式选定后的应聘人员，应在办理调动手续的同时，一并将户口迁往。

这也许是新中国成立以来第一条有关公开招聘人才的新闻报道。

在这篇报道里，关于户口的新政策以及其他的优惠措施带给很多人以巨大的希望。因此，消息发出后，仅仅在上海，就有上万人前往应聘，一时间，招聘办公室差点"爆棚"。

当然，深圳的招聘并非全部是一帆风顺的。他们在重庆就遇到了阻力。

当时，重庆一位主管组织工作的女同志对深圳的这种方式很有意见，她振振有词地提出了意见：

一、只要个人、用人单位、所在单位三方同意就可以招聘，那把上级组织部门摆在什么位置，还要不要组织纪律性？二、什么优惠政策，无非是用物质利益做诱饵，把这里的干部的思想搞乱了，谁负责？三、干部管理的一套制度可不能随便乱改，否则非乱套不可！

有了这三条"紧箍咒"，重庆的招聘没法公开进行了。于是，刘波只好自己到街头巷尾去张贴招聘广告，招聘办公室也只好设在自己租住的房间里，其行踪，很像是"地下工作者"。

就这样，从1982年起，在中央和省委组织部的大力支持帮助下，深圳每年派出招聘干部工作组，从全国各地择优选用了大批领导骨干和专业技术干部参加特区建设。

另外，深圳还采取商调、选调、借调、对口支援等多种形式调配干部。

同时，深圳市为了吸引人才为特区服务，在住房分配方面也采取了一些优惠措施。

特区创建初期，市委、市政府就专门在滨河、园岭、通心岭等住宅区留出一批住房，优先安排给公开招聘的专业技术人员居住，解除了他们的后顾之忧。

就这样，传统的干部管理制度又被突破了一个缺口，从1982年到1988年，一共有5万多名特区建设所需要的各种人才参加到深圳特区建设的行列中来。

在注重引进的同时，特区政府还特别重视人才培训工作，坚持"教育与经济同步发展"的方针。

根据特区特点，发挥特区优势，面向特区需要，着眼特区未来，全面规划，统筹安排，建立和健全培训机构，配备专职干部，通过多种途径开展人才培训工作。

首先，通过市委党校和市培训中心举办各种干部培训班，对具有初、高中文化程度的干部普遍进行专业技术与文化知识培训。

同时，深圳市又选送了一批干部到中山大学、暨南大学等省内高等院校进行培训，系统地学习特区建设所需要的现代化的各类专业知识。

另外，深圳市还选送了一些干部到香港中文大学学习，为特区培养更多的中、高级专业技术干部。

为了做好技术评定工作，深圳市政府还分别成立了各类干部技术职称评定委员会，进行干部技术职称评定、晋升工作。

在深圳市委、市政府的带领下，特区广大干部、职工学科学、学技术、学文化蔚然成风，政治素质、专业和文化素质普遍得到了提高。

特区的人才引进与开发，对特区建设起了明显的作用，促进了特区企事业单位领导班子的"四化"建设。不少引进的人才担任了各级领导职务，使特区干部队伍在知识化、专业化、年轻化方面迈出了一大步，为干部队伍增添了新鲜血液。

许多专业人员在城市基本建设中发挥了业务骨干的作用，保证了特区基本建设任务的完成。

同时，在促进科技进步、发展教育事业、提高医疗卫生水平等方面，引进的各类专业人才也作出了许多杰出贡献。

特区获得多项政策优惠

1982年11月8日,《南方日报》和《广州日报》都刊登了一篇新华社关于特区建设的长篇通讯,这篇通讯说:

办特区还有一个特别之处,就是中央只给政策不给钱。

其实,早在筹划建设特区时,邓小平就曾经表示过,对特区只给政策不给钱。

因此,新华社的这篇文章,确实真实反映了特区的成功实际上是政策上的成功,而不是中央在资金上对特区的偏爱。

中央对特区政策的优惠,表现在中央各部门陆续颁布的各项法律法规及各项文件中。

1981年7月,中共中央、国务院批转了《广东、福建两省和经济特区工作会议纪要》。

该文件专门为特区拟定了10项政策性措施,明确规定深圳经济特区要建成为兼营工、商、农、牧、住宅、旅游等多种行业的综合性特区。

接着,为了尽快办好特区,发挥特区在我国改革开放和现代化建设中的作用，自 1979 年至 1983 年，全国人大常委会、国务院、省人大常委会以及经国家有关立法机关授权的政府部门先后制定颁布了 6 个法规：《广东省经济特区条例》《广东省经济特区入境出境人员管理暂行规定》《广东省经济特区企业登记管理暂行规定》《广东省经济特区企业劳动工资管理暂行规定》《深圳经济特区土地管理暂行规定》《深圳经济特区商品房产管理规定》。

在这些文件中，中央对经济特区实行优惠政策，主要表现在以下方面：

经营管理方面的优惠。主要内容是特区内外商投资企业享有经营自主权，依照批准的章程进行经营管理活动不受干涉。

税收优惠。主要内容包括特区内企业一律按 15% 的税率征收所得税；外商从企业分得的利润汇出境外一律免收所得税；其他多项减免税费规定。

土地使用方面的优惠。主要内容包括对在特区投资的外商可以获得土地使用权，并在使用期限和收费标准上给予优惠待遇。

产品销售方面的优惠。主要内容包括特区内外商企业产品出口，免征海关出口税和工商统一税，并允许一定比例的产品内销。

外汇管理方面的优惠。主要有外商合法的

外汇收入可汇出境外，外商企业可以互相调剂外汇余缺等。

其他方面的优惠政策。主要包括简化出入境手续等。

这些政策的出台，对保障特区投资者各方面的权益，保障投资者获得各种优惠待遇，以及在行政管理上简化手续等都做了具体规定，对特区经济的发展起了积极的作用。

更为重要的是，这些优惠政策给特区经济的发展注入了巨大的活力，走出了一条利用特区外人才、资金、技术以及管理经验进行建设并取得较高经济发展速度的新路子。

出台特区发展规划大纲

1979年,深圳市组建之初,深圳市委根据中央的决策精神,就提出深圳将建成一个面积10平方公里、有10万居民工作与生活的小型城市。

为此,深圳市的规划工作开始展开。

为了做好这项工作,深圳市专门成立了由市委常委李馨亭兼任主任的市基本建设委员会,管理城市建设与规划。

同时,深圳市政府还改变原来由各单位自筹资金、自己建房的做法,改由房地产管理局统一安排建房,一次性搞好配套的公共设施。

当时,中央也十分关注深圳的市政规划工作。

一次,王震副总理在视察深圳时,得知市里规划设计人员缺乏,立即指示六机部派出第九设计院参与深圳规划工作,并由勘测院无偿为深圳做了10平方公里地质普勘工作。

1980年5月,深圳市委成立了以市委书记张勋甫为主任的市城市建设规划委员会。

5月中旬,广东省委书记兼广东省特区委员会主任吴南生带领省城市规划工作组,到深圳进行城市规划工作。

与此同时,其他兄弟省、市的许多规划设计单位,也派人参加深圳市的规划设计工作。

经过一个多月的紧张工作,规划办公室制订了《深圳市城市建设总体规划》(以下简称《规划》)的方案和总图,并依据总图进行道路、桥梁、给水、排水、防洪、园林、电力、电信、煤气、口岸等各项专业规划设计。

此《规划》的主要内容有:

> 深圳城市规划面积为50平方公里,人口50万,发展目标以工业为主,同时发展贸易、农业、旅游业。
>
> 在道路交通方面,规划将主干道深南路和笋岗路的宽度定为50米,罗湖区的道路基本是在老城的基础上改建。补建和扩建,上步新区的道路则是按方格网形式设计的路网。
>
> 在工业方面,规划提出了以电子工业为主,并规划了上步工业区和八卦岭工业区,在笋岗货运站旁边规划了清水河仓库区。

8月26日,经过反复讨论研究,深圳市通过了该总体规划,并以此来指导特区初期的建设工作。

1981年8月,国务院一位领导视察深圳时指出:"市政府要把城市、特区管理好,一定要下很大的功夫","特区要跳出现行管理体制的框框,要办新的事业"。

此后,随着特区建设的飞速进行和城市规格的提高,原先的城市总体规划已无法适应特区事业综合发展的要求。

为了使特区建设沿着正确方向有计划地协调发展，建设一个良好的投资环境，深圳市委、市政府再次组织各方面的专家和有关人员，对特区进行了全面的现状调查和发展预测。

于是，在原有城建规划的基础上，有关人员又拟订出《深圳经济特区社会经济发展规划大纲》初稿，并在1982年年初召开的深圳市干部会议上进行了认真讨论修改。

在此之后，深圳有关部门又分别两次邀请内地和香港共100多名专家学者，对规划的科学性和可行性进行评议。

1982年11月30日，经过进一步修改和补充，先后八易其稿的《深圳经济特区社会经济发展规划大纲》（以下简称《大纲》）最终定稿。

该大纲共分12章，是一份经济发展战略报告。

它对特区建设的指导思想做了原则性的规定，对工业、农业、交通运输、旅游业、商业金融及对外贸易、仓储业、住宅业、市政公用事业、环境保护和精神文明建设等分别提出了发展的方向、目标和步骤，对人口规模、土地利用和功能分区等也做了相应的安排。

《大纲》的制定对特区建设起了积极的指导作用。《大纲》根据深圳城市东西长、南北窄这一地理条件，采用了带状形多中心组团式城市结构，运用滚动开发战略，规划一片，建设一片，收效一片，用"滚雪球"的形式积累资金，开发新区，保障了深圳的城市建设始终以较高的速度进行。

《大纲》制定后，特区创业者们广集海内外经验，博采众家所长，在实践中不断使之得到修改、补充和完善。

1983年冬，由深圳市委书记带领的深圳代表团考察了新加坡。

回到深圳后，市委书记等人吸取新加坡经验，对深圳的规划方案提出了一些新的想法。

市委提出应该扩大大纲提出的深圳城市绿化带，在所有主干道两侧尚未建起的房屋一律从红线后退30米，留出绿化地带。

在此意见指导下，深圳市副市长罗昌仁具体指导了规划的再修改，原则上坚持了市委的决定，能够退地的坚决退。

在这一精神的指导下，修改人员提出，在上海宾馆至深大电话公司一线以西留出宽度为800米的绿化带，各个公园范围予以一定程度的增加。

这一具有远见的修改，对改善特区的投资环境、建设现代化城市有着举足轻重的作用。

有了详细的城市发展规划，深圳的建设开始走上良性的发展轨道。

当时，为了保证规划的顺利实施，深圳市重视维护规划的权威性和严肃性。为此，深圳市委副书记、副市长周鼎明确地说：

现代城市规划本身就具有法规性质。

　　正是在周鼎等人的推动下，深圳的城市基本建设才有了一个权威的指南，从而保证了特区城市基本建设乃至整个经济建设工作的稳步发展。
　　特区初期的拓荒者们为特区勾勒的这幅建设蓝图激励特区人进行了艰苦的奋斗，也保证了深圳建设的科学与规范。

工程兵加入基建大军

1979年，深圳组建特区之初，各路基建大军就开始向深圳集结，中国人民解放军基建工程兵部队就是这批大军中的一员。

当时，中央准备在广东深圳试办"出口特区"的消息传到基建工程兵一支队，大家感觉到又有一个新战场可以大干一场了，所以全队上下都非常兴奋。

为了妥善做好这项工作，基建工程兵一支队领导立即决定派部队到深圳支援特区建设。

经过实地考察并征得深圳市委同意后，支队党委从属下的5个团中抽调了千余名精兵强将，组成基建工程兵部队，南下深圳，参与建设。

同时，支队还决定派一名副师长和一名副政委组建一个深圳指挥所，负责指挥在深圳的建设施工，以确保能出色完成施工任务。

当时，深圳城市建设刚刚起步，施工队伍的基本生活资料十分紧缺，施工材料匮乏，施工条件极差。

在困难面前，基建工程兵发扬人民解放军的光荣传统，不怕苦，不怕累，一边安家，一边投入施工。

一到深圳，部队就承接了建造市政府办公大楼的工程任务。

当时，基建工程兵在任务重、工期短的情况下，经过全体官兵的顽强拼搏，基建工程队保质、保量按期完成了施工任务。

紧接着，部队又承建了电子大厦、友谊商场、伴溪酒家、南头直升机场等工程，都圆满地完成了任务。

就这样，基建工程兵凭借着吃苦耐劳和顽强拼搏的精神，在当时深圳施工队伍中声名鹊起。

1980年12月，深圳市政府提出要在一个月内疏通从现解放路广场至深圳戏院前面的一条长1650米、宽6米、深两米左右的排洪沟。

当时，这段路已有30多年没有疏通，由于其臭气熏天，且施工条件特别艰苦，许多施工队伍不愿接受这项工程。

在困难面前，人民子弟兵再次显示出了顾大局、敢吃苦的精神，勇敢地接受了此项任务。

接受任务后，部队便派出200多名干部战士投入紧张的施工之中。

在施工中，部队没有现代化的疏通工具，只好靠人下到沟里用铁铲、铁镐，甚至用手挖。抽水机不够用，战士们就用自己的脸盆往外舀水。

恶劣的施工条件加上超负荷的工作量，致使前后有8名战士晕倒。

但这并没有吓倒我们的人民子弟兵，他们以顽强的毅力，经过25天的奋战，比原计划提前5天完成了任务，受到了特区领导的称赞。

1982年5月,国务院、中央军委决定撤销基建工程兵,将其改编为地方施工企业。

当时,考虑到特区急需大批施工队伍以及这支部队在特区施工中所作出的杰出贡献,深圳市委、市政府请示国务院,要求调部分基建工程兵到深圳参加特区建设。

同年7月,国务院、中央军委下发批文,决定调派基建工程兵部队两万人开赴深圳,并在条件成熟时集体转业,改编为深圳市属施工企业。

12月底,基建工程兵各部队基本调遣完毕,共计7个团,一个医院,下设两个师和8个团的建制。

这是一支实力雄厚、纪律严明的城市基本建设队伍,它拥有各类专业技术干部1088人,固定资产6000万元,流动资金近1亿元,设备总值5161万元。

这批新加入的基建工程兵,像先前调来的部队一样,是一支敢于吃苦的部队。

当时,新到深圳,他们的生活条件十分艰苦,但他们毫无怨言,默默奉献,在极端困难的情况下为特区建设作出了巨大贡献。

到达深圳后,这两万基建工程兵的临时驻地仅有白沙岭0.8平方公里及竹子林一带,住的是用芦竹、油毛毡搭成的临时棚子。

没有自来水供应,部队就自己打井解决吃水问题。燃料严重缺乏,战士们煮饭只能靠市里发的有限的一点煤炭。

一次，一场强台风袭击深圳，部队的基本生活设施差不多都遭到破坏，有的部队几天没吃上饭。

后来，经市领导批准，部队才买到一些凭外汇券供应的面包分发给各团暂渡难关。

在这种异常困难的情况下，部队仅用4天时间就恢复了正常施工。

1983年9月，深圳市委、市政府召开了在深圳基建工程兵集体转业庆祝大会。

在庆祝大会上，深圳市委书记、市长到会讲话。在讲话中，市领导充分肯定了基建工程兵在特区建设中所作出的成绩。

随后，市政府下发《关于基建工程兵两万人集体转业改编为我市施工企业的通知》，决定将冶金指挥部临时指挥所、三十一支队机关合并到特区建设公司，属下的7个团分别改编为深圳市建筑工程公司、市政工程公司和市机电设备安装公司，冶金指挥部临时指挥所医院、三十一支队门诊部合并改编为市基建职工医院。

有了这样一支基建队伍，深圳的基建工作更是如虎添翼。

从1979年年底基建工程兵第一批部队来到深圳，到1983年基建工程兵集体转业的三年多时间里，他们共接大小工程160多项，竣工面积7万多平方米，完成建设投资4500多万元，在深圳铺路、架桥、清淤、排洪、建楼等方面做了大量艰苦而繁重的工作,为特区"七通一平"基础建设的顺利完成作出了巨大贡献。

基建工程兵所表现出来的无私奉献的精神和顽强战斗的作风,体现了特区开拓者艰苦创业的风范。

也正是有了基建工程兵以及和基建工程兵一样富有顽强拼搏精神的基建工作者,深圳的建设才能在非常薄弱的基础上快速发展起来,并被国内外广泛赞誉为"深圳速度"。

特区建设者艰苦创业

1979年,宝安改名为深圳,而深圳的这"圳"字即有田野里的水沟之意。

当时深圳特区的面积虽然有327.5平方公里,但实际可供开发的面积只有约110平方公里。

1980年,吴南生来到深圳后,住在深圳唯一的一座五层楼房里。

到了晚上,面对无数蚊子的攻击,人们只好躲进闷热的蚊帐里开会和研究问题,讨论这特区建设究竟从哪里开始。

一天夜间,深圳突然下了一场大雨,住在一楼的人睡着睡着突然觉得漂了起来。

他们连忙爬下床才发现,雨水已经把床都淹没了!

好不容易天亮了,人们出去才发现,这个楼附近已变成了一片汪洋。

此事对吴南生感触很大,他对罗昌仁说:"老罗,不把这水治住,这特区还怎么搞呀?"

据丁励松后来回忆道:

  7月27日夜间的那场暴雨,坚定了我们先开发罗湖的决心。那一次,我们的住地全泡在齐腰深的水里，工程师呕心沥血得来的规划设计图纸被水毁掉了，来自香港的旅客不得不卷起裤腿，从粪便浮起的车站中穿过。面对这样的祖国南大门，令人羞愧难当。

不久，推土机、挖土机出动了，罗湖呈现一派移山倒海的气势。尽管还有人横加干预，挑起争论，并多次下令停工，最终也只好悻悻地接受了现实。而今广厦林立的罗湖，就是这一现实的延续。

于是，吴南生选定在通往香港的罗湖、文锦渡两个口岸之间一带搬山填地，进行先行开发。

然而，这个决定作出后，却惹来了一场轩然大波。反对者指责说，罗湖一带地势低洼，年年暴雨成灾，在这里搞开发，无异于将大把的钞票往水里扔。

在知道谷牧副总理给了3000万拨款之后，反对声更大了，他们还提出："是建设一个综合性的经济特区，还是死搬国外所谓加工区的模式。

"是依靠广大干部群众，还是只靠少数人另搞一套。

"主要领导成员是集中精力抓好大事，还是整天埋头同外商谈生意。

"对外商是一视同仁广泛争取，还是只围绕几个熟人兜小圈子。

……

面对质疑，吴南生不顾责难，决定开工。

此时正是七八月份，是深圳多雨的季节，这季节，正好让到特区来检查工作的时任国家进出口委员会副主任的江泽民赶上了。

来到深圳后，看到从香港过来的小姐太太们一个个提着高跟鞋，捏着鼻子涉水而行的场景，江泽民感到很震撼。

陪同江泽民检查工作的秦文俊大发感慨，说："国门这个样子，不先开发好，建设好，怎么行呢？"

江泽民问："怎么个搞法？"

秦文俊用手指着不远的罗湖山说："这两座小山包共有90多万立方米，正好可以用来填罗湖小区。"

江泽民看了看罗湖山，思考了一下，感慨地说："工程量不小哇！"

秦文俊说："是啊，所以有人说这是把钱往水里扔呢！"

秦文俊看了看江泽民，接着诚恳地说道："我们正想好好向您汇报呢！"

江泽民笑了，他指了指大街上的积水，微笑着说："还汇报啥，老天爷都替你们汇报了。"

12月8日，副总理谷牧在任仲夷、江泽民等人的陪同下，来到深圳视察。

此时，正值要搬罗湖山填洼地，反对者的意见再次提了出来。

面对质疑，江泽民则再次表态：

如果把罗湖搞起来，先小后大，就可以把外资吸引过来，我8月份来，就泡在水里，香港来的人，高跟鞋、丝袜子都泡在水里。

说到这里，江泽民提高声音，铿锵有力地说："罗湖、文锦渡，无论如何都要搞好！"

深圳人在成立之初，就在这种质疑和艰苦的环境之下，开始了他们的创业历程。

深圳基本建设初见成效

1980年前,在筹划建特区之初,深圳便开始了城市的基本建设。

当时,深圳建设资金严重匮乏,水泥、石灰等建筑材料都要靠内地提供,物资运输也很不方便,铁路仅仅有一条单线,没有卸车场。

在这样困难的条件下,深圳人迈出了城市建设的第一步。

为了打开城市建设的局面,深圳市拨款修建通往省城的深南路,改变了原来坡陡、路窄、崎岖不平的状况,改善了通车条件,使之成为深圳新市区的主干道。

面对吃水紧张问题,深圳在资金紧张的情况下拨款扩建自来水厂,使其由原供应两万人用水提高到可以供应50万人用水。

在国家与广东省的支援下,深圳还积极架设高压电线和兴建电信大楼,解决城市发展所必需的电力和通信问题。

同时,深圳市还成立了工程指挥部,以规划通心岭、南园两地住宅区建设工程。

房地产管理局在木头龙、红国两地兴建公产房居民住宅,这4个点都是市财政拨款开发建设的,基本上满足了源源不断调入深圳的干部、科技人员、职工的住房需求。

1980年特区成立后，深圳市领导立即着手拟订开发计划，成立了以副市长罗昌仁为首的罗湖工程指挥部，利用仅有的3000万元贷款开发罗湖，用了不到一年的时间，就搬掉了罗湖山，把原来地势低洼的罗湖小区垫高了1.07米，实现了"三通一平"，为特区建设创造了一个良好的投资环境。

当时，深圳改革开放事业的兴起，吸引了全国各地有识之士前来投资建设，不少省、市、自治区及国家一些部委纷纷要求在深圳设立对外联络机构，建造办公大楼。

在这一段时间里，深圳市政府的领导非常发愁，因为国家各部委和各省的驻深单位都来要地皮建办公楼，而且要的地皮都在罗湖那片已是"针插不进，水泼不进"的黄金地段。

一次吃午饭时，丁励松突然来了灵感，他高兴地说："为什么不让他们合盖一幢大厦？"

有人问："那得盖多高呀？"

丁励松说："高怕什么？南京的金陵饭店37层，我们就盖他个38层，来个天下第一！"

于是，丁励松就把这个想法向市委、市政府做了汇报。很快一个要建第一高楼以满足多方面需要的设想便产生了。

1981年5月，市政府在竹园宾馆召开了由来自各省、市及国务院所属12个单位的90多名代表参加的会议，宣布了合资盖大楼的计划，原则上是按出资多少、参股多少来决定大楼楼层和套房的分配，这个计划得到了与会代表的响应。

这座拟议筹划中的大楼，就是当时被誉为"中国第一高楼"的国际贸易中心大厦。

当时，深圳市委领导认为，国贸大厦这座全国最高的大楼应该是深圳经济特区的象征，因此，楼址要建立在深圳市的商业中心。

为实现这个目的，市物业发展公司代表38个集资单位协调设计、施工队伍，做了大量的工作。

1981年7月，大楼设计方案初步确定。

1982年5月，开始楼桩基础施工。

10月，国贸大厦全部316根桩的桩基工程完毕。

然而，就在此时，随着改革开放的深入进行，国家对深圳的期望更高了。

与此同时，特区建设的进一步发展也对国贸这个改革开放的标志提出了更高更新的要求。

因此，在这种情况下，深圳市委决定将大厦主楼地面增加到50层，高160米。

面对临时的变动，大厦工程设计人员克服重重困难，广泛收集国内外技术资料，精心修改设计方案，圆满完成了任务。

于是，紧张的工程施工开始了。

当时，国贸大厦建设全面采取公开招标：中南设计院的朱振辉等人的设计方案获得通过；整体建筑施工的中标单位是中国建筑三局一公司。

中建三局之所以中标，不仅仅是因为他们的工期短，造价低，更主要的是他们决定在建造国贸大厦的施工中采用先进的滑模施工工艺。

所谓"滑模"，就是改变过去建筑施工中常用的"搭""砌"的办法，在可以拆除的活动模板中间浇筑混凝土。

等到混凝土一凝固，活动的模板便"滑升"，如此再浇筑，混凝土墙便立在那里了。

然而，这种滑模工艺看似简单，但如果是大面积的浇筑，特别是像国贸大厦一次浇筑就达1300平方米的超大规模滑模的工艺将是非常的复杂。

也就是说，滑模升得快，混凝土尚未成形，墙体自然就会坍塌。而如果滑模升得慢，由于混凝土已经凝固，墙体就会被拉断。

而混凝土的凝固时间又受到其标号、质量以及天气等诸多因素的影响。

因此，在正式施工前，中建三局进行了三次滑模试验，但三次全失败了。

有人灰心了，就连香港方面的投资商也有心打退堂鼓，说虽然香港的合和大厦采用的也是滑模工艺，但那毕竟是在香港呀。

就在此时，罗昌仁带着市委的意见来了：大面积滑模施工不但要搞，而且必须成功！

就这样，紧张的施工又开始了。

接到任务后，中国建筑三局一公司的职工、干部在艰苦的施工条件下，发扬团结奋战、无私奉献的精神，终于提前13天完成了地下室工程。

接着，一公司工程技术人员大胆创新，提出用"内外筒同步整体升滑"的方法，高速度、高效率地建造大厦主楼。

1983年8月，国贸大厦标准层的滑模施工开始了。

然而，此时却遇到了麻烦。经过一个月的施工，试滑了几次，结果都失败了。

此时，罗昌仁副市长及时赶到了，他先认真地检查了现场，听取了技术人员的汇报。

当时正是8月，天气闷热得让人感到窒息，所有人的目光都集中在罗昌仁的身上，等待着他的表态。

罗昌仁仔细听取了汇报后，对施工人员说："你们先做好两件事，第一是先把塌落的、开裂的水泥统统打掉、凿透、清除干净，然后再将水泥补上、补平、补牢，经过专家验收后才能算数；第二就是成立一个滑模攻关组，找出事故原因，再接着干！"

人们听到罗昌仁的话后，知道滑模还可以继续搞，一下子都欢呼了起来。

很快，失败的原因就找到了，原来是由于滑模的面积太大，一次成形的建筑面积就达 1320 平方米，如此大量的水泥，必须一次浇灌，才能使它的凝固时间保持一致。而当时是用吊车往上运水泥，速度显然跟不上。

很显然，滑模技术是先进的，但施工人员的设备太落后了，他们是在用落后的设备实施先进的技术，这怎么能行？

于是，施工人员就决定使用先进设备，一打听，正好香港就有德国产的混凝土输送泵。

但问题又来了，当时要买进口设备，必须要报批，而在当时的情况下，一个报批有时要很长时间才能下来。但工期可是不等人呀，怎么办？

当时的中建三局局长张恩佩也顾不得许多了，在还没有被批准的情况下，就拍板批准买了 4 台德国的混凝土输送泵。

设备买来了，问题很快就解决了。

电钮一按，4 台输送泵就哗哗地向模具内喷吐搅拌好的水泥。

到了当天的凌晨 3 时，500 个千斤顶一起顶着 1300 多平方米大、3 米多高的模板向上滑升。

再看刚浇出的墙体，没有开裂，没有滑落，平面像刀切的一样！

一公司闯过技术难关后，继续加强管理，兢兢业业地施工，滑模速度越来越快，开始时 7 天滑一个结构层，从第三十层开始就持续以 3 天一层的速度滑升到顶，最快时曾创造出两天一层的纪录。

这时恰好有一位北京来的记者采访，他惊叹道："哇！两天半一层楼，深圳速度真是了不起呀！"

于是，3 天一层楼的"深圳速度"一下子震动了全国！

就这样，仅用了 10 个月，一公司就完成了国贸主楼的立体结构施工，从而以令人信服的效率和速度进入国际先进水平，创造了举世瞩目的"深圳速度"。

1985 年年底，总建筑面积 10 万平方米、高 160 米、53 层的国贸大厦胜利竣工，并交付使用。

这座当时国内最高的大楼，不仅是深圳的标志，还成了中国改革开放的里程碑。

在一个个工程获得完工的时候，速度问题在深圳也显得格外显眼。关于深圳此时的建设速度，负责城市建设的罗昌仁印象最为深刻，据他后来回忆道：

> 当时整个深圳就像是个大工地似的，到处都是热气腾腾的。
>
> 路一条条修起来了，路名却还没有起。我就请了一些秀才来，请他们帮忙起名字。秀才们说，起路名可不是件容易事。
>
> 结果等了两个月名字也没起出来。这可怎么办呢？我说泥岗的那条路就叫泥岗路，笋岗

就叫笋岗路，在下步庙的住宅小区就叫下步区。

后来还出了笑话，有人说："'上步区'就是'上不去'嘛！"

也有人说："你怎么起了这些土气的名字，你不会泥岗叫玉岗，笋岗叫渔岗呀？"

我说："我们来不及呀，我们就知道干，却不会起名字，只好当地叫什么名字我们就起什么名字。"

就这样，在那种连路名都来不及起的速度下，深圳建设取得了巨大成就，在国贸大厦建成的同时，蛇口工业区、沙口角这两个特区窗口的基础建设也基本完成。

至此，深圳建设初见成效，它的成功激励着深圳人进一步去开创更大的辉煌。

三、深化改革

- 邓颖超在听取了深圳市负责人的工作汇报后，高兴地说："在深圳这几天，等于上了一堂课，所见所闻都是新鲜的东西，感到非常振奋。"

- 有人等不及了，"呼"地一下站起来，响亮地喊出了"250万元"！会场气氛顿时热烈起来。

深圳改革引来巨大争议

1981年11月，一位离开深圳市委主要领导职务的老同志将一份《关于深圳特区建设的几点意见》（以下简称《意见》）交给了中纪委。

这份《意见》主要是对深圳改革的质疑。其实，从深圳成立特区以来，对深圳的质疑就从来没有断过。

在当时，蛇口刚刚动工时，陕西的一位省委副书记来到这里，当年他在这里打过游击，见到外商在这里办企业，他不禁泪流满面，痛心疾首地说："革命先烈流血牺牲得来的土地，给你们一下子卖掉了！"

像这位老干部一样，一批内地老干部到深圳参观后，也在议论说，在深圳，除了五星红旗还在飘之外，遍地都是资本主义！

在当时的环境下，反对深圳改革的声音是很大的。《意见》交上去不久，一家报纸就发表了《上海租界的由来》，其观点和《意见》一样是批评改革。

几乎是与《意见》的时间同步，一个调查组在深圳、珠海、汕头和厦门特区进行了调查。

当时，《人民日报》记者林里曾与到深圳的调查组打过交道，他这样描述道：

我到深圳以前，办案人员早已捷足先登。我们住在同一个招待所里。当我听说深圳特区被列为"重点省的重点区"的时候，我几次试图问个究竟，目的是避免"撞车""唱对台戏"。

一片好心善意，完全是从有利于工作出发的。可是，不管怎么努力，对方都回答一个"不知道"。

他们不跟陌生人说话，不同一般人打招呼。尽管"同吃同住"，但互不来往。尽管在一个餐厅用餐，但他们躲在餐厅的角落里，还竖起一道屏风，像是生怕被人看见似的。

1982年年初，这个调查组很快就写了一份"调查报告"。这份调查报告指出了深圳的"问题"：

引进外资和设备有很大的盲目性；
同外商打交道吃亏上当的情况相当严重；
经济管理相当混乱；
引进企业职工所得太多，月平均为150元，少数人高达200元、300元甚至500元……

最后，调查报告特别指出：

引进外资成片开发，要警惕有形成变相租

界的危险。

调查组在撰写调查报告的同时，又整理了一份材料，题为《旧中国租界的由来》。

1982年4月，一位著名的老报人又在其名牌栏目《读史札记》中发表《痛哉，租地章程》一文。

面对来自各个方面的质疑，深圳市委、市政府虽然顶住了各种压力，继续推动深圳改革的步伐，然而，他们是多么渴望深圳的改革能够得到中央的正式认可啊！

中央肯定深圳改革成果

1984年1月24日，对于深圳人来说，这是一个不同寻常的日子。因为，这一天，中国改革开放的总设计师、经济特区的倡导者邓小平，来深圳视察工作了。

提起邓小平，深圳人总是充满感激之情。邓小平自深圳特区建立之日起，就一直关注着这棵中国改革开放幼苗的成长。

1981年，国家处于国民经济调整期，拿不出钱来支持特区，特区建设面临着种种困难。

此时，正是在这年的中央工作会议期间，邓小平语重心长地对广东省领导人说："经济特区要坚持原定方针，步子可以放慢些。"

"放慢些"是出于对国家经济暂时困难的考虑，也是对深圳特区面临困难的理解。而"坚持原定方针"，特区要坚定不移地干下去，"杀出一条血路来"，是邓小平的一贯思想。

1982年年初，深圳蛇口工业区拟聘请外籍人士当企业经理，却遭到一些人的责难。

邓小平得知这一情况后，立即表态：可以聘请外国人当经理，这不是卖国。

几年过去了，深圳建设取得了巨大成绩，此时深圳人是多么渴望邓小平来到深圳看看啊！

就这样，在深圳人的渴盼中，这一天终于到来了。

1984年1月24日清晨，邓小平一行的列车到达广州站。当广东省委书记、省长梁灵光等到车上看望邓小平时，邓小平深情地对梁灵光等说："办特区是我倡议的，中央定的。是不是能够成功，我要来看一看。"

中午，邓小平的列车终于到达深圳。

当天下午，邓小平在他下榻的迎宾馆听取深圳市委书记、市长的工作汇报。

深圳市在汇报中说：

深圳原是一个边境小县城，街道简陋狭窄，市政设施落后。经过几年的努力，现在的深圳初步形成了四通八达的交通网，建起了大批工业厂房、商品楼宇和拥有现代化设施的酒楼、宾馆，还有设备完善、风景秀丽的旅游度假村，18层以上的高层楼宇已建成的有19幢，正在兴建的有44幢。一个现代化城市已经初具规模。

同时，深圳特区引进了一批外资和先进技术，促进了社会生产力的发展。

几年来，前来特区考察和洽谈业务的有美、英、日、法、意、西德、新西兰、新加坡、澳大利亚等几十个国家和港澳地区的金融、工商等各界人士。

到 1983 年年底，与港商、外商签订协议 2500 多项，协议投资总额 18 亿多美元，实际利用的有 4 亿多美元。还引进了 2.5 万多台（套）先进设备。

这些不仅对增强特区的社会生产力发挥了积极的作用，而且有些经过消化、吸收，正逐步向内地转移、推广。

尤为突出的是，办特区几年来工农业产值、财政收入增长幅度很快，特别是工产值，1982 年达到 3.6 亿元，1983 年跃上 7.2 亿元，一年翻了一番，比建特区前的 1978 年增长了 10 倍多，财政收入也增长了 10 倍。

经济的不断发展，带来人民生活的显著改善。现在，特区人民安居乐业，边境秩序安定，社会风气良好，人们不仅不再外流，而且还有 300 多名外流人员从香港回来定居。

……

邓小平聚精会神地听着汇报，并不时插话询问。

汇报结束时，深圳市领导请邓小平做指示。

邓小平说："这个地方正在发展中，你们谈的这些我都装在脑袋里，我暂不发表意见。"

16 时，邓小平等中央领导冒着风寒，登上当时楼层最高的国商大厦，在 20 层的大厦天台上俯瞰市容，了解城市规划和建设情况。

1月25日上午,邓小平一行来到上步工业区中航电脑公司,参观车间设备。

在中航电脑公司,邓小平认真听取了公司领导人关于电脑技术和软件开发的情况介绍,并观看了人和电子计算机下象棋的表演。

邓小平看完表演后高兴地说,美国搞电脑软件编制的都是一批娃娃、学生,我们全中国有那么多娃娃、学生,搞软件是完全有条件的。

接着,邓小平一行来到深圳河畔当时富甲全省农村的渔民村,参观了村民住宅区和该村党支部书记吴柏森的家。

这里32幢同是180平方米建筑面积、二层楼高、六室二厅的村民小楼,是渔民村人在党的改革开放政策指引下,依靠集体力量于1981年统一兴建的。

在视察中,该村村党支部书记吴柏森向邓小平一行汇报了村民的收入情况。

吴柏森说,去年全村纯收入达47万元,人均年收入5970元,平均每月439元。

听到吴柏森的汇报,邓小平真正感受到了深圳的巨大变化。他非常高兴,拉着吴柏森和他坐在一起,让记者们拍照留念。

1月26日,邓小平一行视察了招商局蛇口工业区,听取了工业区董事长袁庚关于蛇口工业区建设情况的汇报。

袁庚说,1979年蛇口一片荒滩,路面坑坑洼洼,连厕所和洗脸水都没有。没过多久就道路四通八达，厂房林立，一个现代化工业区已初具规模。

同时，袁庚还说，建设这样一个工业区，没有花国家一分钱，可见中央关于改革开放政策的强大威力。

听完汇报，邓小平耐心地询问了港口码头的设计、规划和建设等情况。

随后，邓小平等人又参观了蛇口工业区中外合资企业华益铝材厂，向企业负责人了解资金和技术引进、产品销路、职工收入和人才培训等情况。

接着，袁庚请邓小平一行到由一艘退役的客轮"明华轮"改装的海上游乐中心"海上世界"做客。

邓小平高兴地登上顶层甲板，并应主人的邀请高兴地题写了"海上世界"。

就这样，邓小平经过两天的实地考察，听汇报、下车间、访村问户，掌握了大量的第一手材料，对深圳经济特区几年来的建设和发展非常满意。

在离开深圳后，邓小平在广州珠岛宾馆一号院内，应深圳市委、市政府的提议，欣然提笔挥毫，为深圳经济特区题词：

　　　深圳的发展和经验证明，我们建立经济特
　　区的政策是正确的。

　　　　　　　　　　　　　　　　邓小平
　　　　　　　　　　　　　1984 年 1 月 26 日

题词的第二天，邓小平为深圳特区的题词一大早就通过深圳电视、广播及《深圳特区报》及各种形式和大家见面了。

当天上午，在黄金时间，香港电视台也立即转播，且每隔5分钟播放一次。

邓小平为深圳特区的题词，充分肯定了深圳特区建设取得的成就，充分肯定了深圳特区的发展经验，肯定了深圳特区在改革开放中实行的一系列新的政策和新的措施。

邓小平为深圳特区的题词发表后，在国内外引起强烈反响，不久前党内外对深圳特区的种种怀疑和指责很快就收敛了。随之而来的是沿海各地，乃至全国各地改革开放热潮的兴起。

邓小平的题词，对坚定深圳特区广大干部、群众进一步搞好改革开放的信心和决心，调动全市人民和社会各界人士加速建设深圳特区的积极性和创造性，稳定和鼓励外国投资者在特区的投资，都具有非常重大的现实意义和历史意义。

继邓小平视察深圳之后，当时的党和国家领导人胡耀邦、邓颖超等也先后视察了深圳经济特区，给深圳特区以极大的鼓舞和支持。

1984年5月23日，时任中共中央总书记的胡耀邦在广东省委第一书记任仲夷、省长梁灵光等陪同下从广州到达深圳。

在深圳期间，胡耀邦参观了香蜜湖、八卦岭工业区、怡景花园等，并登上国际商业大厦楼顶，俯瞰特区建设新貌。

看到深圳的变化，胡耀邦还高兴地为深圳特区题了词。胡耀邦写道：

> 特事特办，新事新办，立场不变，方法全新。

12月6日至11日，中共中央政治局委员、全国政协主席邓颖超，在广东省政协主席梁威林陪同下视察了深圳特区。

在深圳期间，80岁高龄的邓颖超参观了渔民村、深圳市工业产品展览、深圳水库、东湖宾馆、华强电子有限公司和蛇口工业区等，并登上新园宾馆楼顶察看了特区建设新貌。

当天下午，邓颖超在听取了深圳市负责人的工作汇报后，高兴地说："在深圳这几天，等于上了一堂课，所见所闻都是新鲜的东西，感到非常振奋，我总觉得，来这里几天好像在过一种新生活。你们的工作和成绩，使我深受鼓舞，使我一直处于振奋之中。"

在谈到改革和今后工作时，邓颖超说："这次改革是一场深刻的革命。你们要用实践来帮助中央总结经验，以便更好地指导 14 个开放城市的工作。"

同时，邓颖超还告诫大家，不要骄傲自满，要谦虚谨慎，要团结更多的人，团结各方面的人。

邓颖超还说，深圳经济特区的发展进一步证明，党的十一届三中全会的"决定"是完全正确的，它将对我国的经济建设起到巨大的促进作用，希望深圳的同志们深入学习党的十一届三中全会的"决定"，使特区的工作越做越好。

接着，邓颖超在蛇口工业区负责人袁庚的陪同下视察了蛇口工业区，并与工业区的干部、群众亲切交谈。

在考察蛇口海关时，邓颖超勉励青年员工，在接待检查工作中礼貌待客，维护国家的声誉。

邓小平、胡耀邦、邓颖超等党和国家领导人对深圳经济特区的视察、题词和谈话，表明党中央、国务院对深圳经济特区的莫大关怀、支持，同时也表明党中央、国务院对办好经济特区，坚持改革开放路线的决心。

推动土地管理体制改革

1984年以后,在中央和广东省委的支持下,深圳进行了多项改革,其中,土地管理体制改革就是这股改革风潮中的一部分。

深圳经济特区自创办以来,在土地管理上进行了长期的探索。早在1981年11月,广东省五届人大常委会十三次会议便通过了《深圳经济特区土地管理暂行规定》,这是对土地改革进行探索的先声。

1987年5月21日,深圳市委书记李灏主持召开了市委常委会议,讨论市基建办关于《深圳经济特区土地管理改革方案》(以下简称《方案》)。

《方案》提出:

> 土地实行商品化经营,开放地产市场,全面推行土地有偿使用;土地的一级市场由政府垄断,采用公开拍卖、招标、协议等办法,将土地的使用权转让给使用者;允许土地流通、转让、买卖与抵押;引入竞争机制,为企业创造一个公平竞争的环境;政府加强宏观控制和管理及产业政策的引导。

经过反复讨论，深圳市委常委会议原则上同意了这个《方案》。

为使改革方案趋于完善，深圳市委一方面要求基建部门和法制局抓紧修改《深圳经济特区土地管理规定》，报市政府审议后提请省人大批准实施，为改革提供法律依据。

另一方面派出市房地产考察团赴香港做专题考察，力求使计划中的特区房地产市场能够与国际房地产市场相衔接。

同时，深圳市委、市政府还决定划出一小块土地搞公开拍卖的试点工作，为全面实施改革方案积累经验。

1987年9月9日，深圳媒体发布消息：

> 我市对土地管理实行改革，首块土地即将公开竞投，面积约一万平方米，位于天井湖碧波花园西侧，谁出价高归谁使用。

这个消息的发出，在当时的社会上立刻引起了轩然大波，很多经济实体都纷纷跃跃欲试，力争拿下这块土地。

1987年12月1日16时，深圳会堂座无虚席，人声鼎沸。

此时，西装革履、手握电子计算器的买地商人在深圳会堂内外高谈阔论。

捧着一叠土地资料,前来出谋划策的"智囊团"成员在席间窃窃私语。

拍卖就要开始了,中航工贸中心的一位干部领着他的助手匆匆踏进了会堂:"才看到报纸,来晚了。公开拍卖土地使用权,我们也要参加。"

于是,这位干部便成了这次土地使用权公开拍卖的最后一位领取应价牌的竞争者。他的应价牌编号是44号。

而此时,更多的是抱着新奇态度的旁观者。人们焦急地等待着一个令人瞩目时刻的到来,这里将要进行我国首次土地使用权的公开拍卖。

紧张、激烈的角逐出现在16时30分,主持这场拍卖的市政府官员刘佳胜和廖永鉴喊出了拍卖底价:200万元。

语音未落,会场四处都已经亮出了白底并标有红色编号的应价牌。"205万!"

接着是"210万"!

……

几十块应价牌齐刷刷地举了起来。

有人等不及了,"呼"地一下站起来,响亮地喊出了"250万元"!会场气氛顿时热烈起来。

很快,地价上升到了390万元。

"390万元"的价格一出,场内突然出奇地安静。就在要落槌的那一刹那,"400万!"又有一个人举起了手中的牌子。

"哗……"顿时,拍卖现场内一片掌声。

"420万!"深圳特区房地产公司经理骆锦星,志在必得地又一次举起了牌子。

场内又响起一阵掌声。

几个回合后,这块地被喊到了"485万元"。

此时,大家都认为应该"到此为止"了。然而,就在主持人准备击槌时,场中冒出了"490万"的喊价。

接着,新一轮的竞价还在继续,直到"525万"时,这次拍卖才最终结束。

最后,刘佳胜一槌击下,庄严地宣告:"这块土地的使用权归经济特区房地产公司!"

顿时,掌声淹没了拍卖官的声音。

中共中央政治局委员李铁映、中国人民银行副行长刘鸿儒,以及来自全国17个城市的市长、28位香港企业家和经济学家亲临现场,中外十多家新闻单位的60多位记者记录了这一历史时刻。

率先进行股份制改革

1986年10月,深圳市政府颁发了《深圳经济特区国营企业试点股份化暂行规定》(以下简称《规定》),并在一部分企业中试行。

《规定》共7章62条,分别对国营企业股份化的定义、内涵及其实施细则做了明确的规定。

《规定》指出:

> 国营企业股份化,系指将国营企业的净资产折股作为国有股权,向其他企业和个人出让一部分国有股权或吸收国家、其他企业和个人加入新股,把原企业改造成由国家、其他企业和个人参股的股份有限公司。
>
> 企业正式改为股份有限公司后,脱离原来的行政隶属系统,成为独立企业法人,其合法的权益和经济活动受国家法律保护。

《深圳经济特区国营企业试点股份化暂行规定》是我国政府部门颁发的关于国营企业股份化改革的第一个规范性文件,它的颁布和实施标志着深圳特区经济体制改革进入了一个新阶段。

按照《规定》，深圳特区于1987年组建了4家股份制企业，深圳发展银行就是其中之一。

深圳发展银行是由国家、企业和私人三方合股的区域性股份制商业银行，原称深圳信用银行。

1987年5月，深圳发展银行在吸收特区内6个信用社资金的基础上，以自由认购的形式向社会公开发售人民币普通股票，每股面值20元。

到年底，发展银行有股东7387名，其中法人股东111名，个人股东7276名。

12月，发展银行召开首届股东大会，讨论并通过了《深圳发展银行章程》，选举产生了该行第一届董事会，聘用了总经理和副总经理，并按股权表决方式通过了该行1987年利润分配和1988年扩股增资等4个决议。

发展银行实行股东大会制和董事会领导下的总经理负责制，在建立资金市场和推进银行企业化经营的改革上迈出了新的一步。

1988年4月7日，深圳发展银行普通股票在深圳证券公司首家挂牌上市。

随后，万科的股票也开始上市。

万科创业之初，就与它的母公司深圳特区发展总公司摩擦不断。

1985年，母公司想要从万科账上调走800万美元，作为万科的负责人，王石抵死不从。

于是，在以后的岁月里，万科与母公司自然在公司的控制权上明争暗斗。在斗争激烈的时候，有一次王石差点儿就被调离。

1986年，深圳政府要在国营企业系统推行股份制试点，当时国营企业的效益还比较好，很多人认为搞股份制设置董事会，又增加一个"婆婆"，所以当时几乎没有企业响应。

然而，此时王石意识到，当时公司正处在十字路口，股份制改造是一个让公司能独立自主经营的机会。

于是，王石便自告奋勇地申请股份制改革。

当然，万科的母公司深圳特区发展总公司对此则断然拒绝，当时的董事长对王石说："你就是孙悟空也跳不出我如来佛的手心。"

王石感慨地说："万科不是孙悟空，却感到一只无形的手掌摊在下面，随时可能收拢。"

然而，王石并没有就此放弃，他通过朋友介绍，认识了深圳政府领导的秘书们。

不久，深圳市委书记兼市长李灏不定期地约见王石，商讨万科的股改问题。用王石的话说，"这种安排完全避开上级主管公司、政府有关部门，属于市委书记的秘密渠道，有点儿地下工作的味道"。

就这样，在王石与李灏的多次协商下，在绕开母公司的情况下，万科股改在紧锣密鼓地进行着。

到1988年，万科的股份制试点被提到议事日程上，当万科的母公司得悉市政府准备下文同意万科股改方案时，非常震惊。

经过讨论后，万科的母公司派了一个请愿小组到市政府办公厅，强烈要求撤回股改文件，理由是"政府越权干涉企业内部的正常管理"。

在这种情况下，深圳市委办公厅只好暂停下发同意万科股改的文件。

面对股改再一次受阻，倔强的王石只好铤而走险，直接向李灏告状。

后来，王石的一份记录记下了此次找李灏告状的情况，这份记录写道：

> 市委书记的办公室很小，李灏坐在办公桌后面，手提一支毛笔，边听汇报边练习书法。
>
> 听王石倒完苦水，他把笔一搁，一字一顿地说："改革是非常不容易的事，你们年轻人不要急躁，要沉住气，困难越大，就越是要注意方法和策略。"

万科的股改方案在被搁置一个月后终获通过。

12月，万科发行股票2800万股，每股1元，当时万科的净资产仅为1324万元。

为了把股票销售出去，王石又亲自带队上街推销股票，他在深圳的闹市区摆摊设点，走街串巷，对居民进行地毯式宣传。

有几次，王石和万科的人员甚至跑到菜市场里把股票和大白菜摆在一起叫卖。

同时，王石还请当地工商局帮忙，由个体协会出面邀请个体户开会。

在个体户会上，王石反复宣传股票发行的意义和股票的投资价值。

王石长时间的演讲，让底下听讲的都没有耐心了，他们不耐烦地站起来，大声说："不用讲这么多了，该摊多少我们就捐多少吧！"

一年多后深圳股市开张，万科以0002号正式上市。

与万科一同上市的还有金田、安达、原野等股份公司的股票，它们也因此成为新中国上市交易的第一批股票。

这4家股票上市后，受到广大股民的肯定和支持。深圳国营企业股份制改造由此逐渐深化，为全国国营企业体制改革探索了一条既适合中国实际又能与国际惯例相衔接的新道路。

深圳推行住房制度改革

1984年4月,深圳市委召开常委会,讨论并原则同意《关于实行住宅商品化的方案》。

12月,深圳市委常委会又讨论并通过了《深圳行政事业单位住宅商品化试行方案》。

后来,由于各方面条件不成熟等原因,这个试行方案搁置了三年没有出台。但是,深圳推动住房制度改革的探索并没有停止。

1987年5月,深圳市委再次召开常委会议,讨论市基建办关于《深圳经济特区住房制度改革暂行办法(讨论稿)》。

会议认为,住房制度的改革,是关系到千家万户切身利益的重大问题,也是一项很大的改革,既要积极又要稳妥。

最后,会议在肯定该稿的同时,又提出了一些具体的修改意见。

会后,由市基建办和体改办组织召开各种类型的座谈会,广泛征求意见。

与此同时,有关部门遵照深圳市委的指示,邀请中央和省有关住房制度改革的专家参加座谈会,听取他们的意见,确定了住房制度改革的总目标是实行住房商品化。

1988年6月6日,市委书记李灏主持市委常委会议,讨论市房地产改革领导小组关于《深圳经济特区住房制度改革方案》出台前的有关问题。

会议确定,6月10日召开房改动员大会,6月11日,《深圳特区报》发布大会消息,摘要发表房改方案。至此,深圳特区住房制度改革方案从1984年4月第一次拿到市委常委会讨论到1988年6月出台面世,共花了4年两个月的时间。

深圳特区住宅商品化制度的改革,为全国实行住房商品化的改革探索了新路子,积累了新经验,又一次充分发挥了特区"试验场"的重要作用。

同时,深圳住房制度改革,也为促进深圳经济特区房地产市场的迅速形成和发展起到了积极的推动作用。

在住房制度改革的推动下,一批房地产企业开始迅速崛起,万科就是在这股改革东风下壮大起来的一家房地产公司。

1988年11月21日,一个名叫"深圳万科股份有限公司"的股票上市交易。

与此同时,万科进入房地产开发。

那时开发房地产的门槛很高,非建筑行业的企业要想进入房地产开发必须通过招投标,拿到土地才批给单项开发权。

这年11月,万科参加了威登别墅地块的土地拍卖,以 2000 万的高价拍得这块地，买了一张进入房地产市场的入场券。

按市场价，把附近的住宅楼买下来拆掉再重新建的土地成本价都低于万科获得的这块土地的价格。

在王石代表公司上台签订土地转让协议时，深圳市规划局局长刘佳胜望着他，劈头就是一句："怎么出这么高的价格？简直是瞎胡闹。不管怎么说，还是祝贺你们。"

一度，万科团队的主流派视这张入场券为"烫手山芋"，建议毁约，"不执行同国土局签订的合同，大不了交些罚金，否则高地价的经营压力太大"。

但是，王石认为：不仅不能毁约，还要继续竞标拿第二块地。

一个月之后，天景地块推出，通过投标，万科再次夺得。于是，深圳地产同行再也不敢轻视万科这只不怕虎的牛犊了。

在以后的岁月里，王石带领万科不断创造出了一个又一个辉煌的业绩。

四、开创辉煌

● 这一想法引起了陈慕华的很大兴趣,她当即风趣地表示:"老袁,有你在这儿,我放心!"

● 徐起超说:"深圳过去是个小渔村,我们宁波是个市,十余年过去了,差距拉得这么大。"

邓小平肯定深圳改革

1992年前后,经济特区又一次面临着严峻的困难和考验,在当时,社会上关于姓"资"姓"社"的争论又以各种形式出现了。

此时,在中国的改革开放面临着又一次重大机遇与挑战的关键时刻,邓小平再一次来到了深圳。

1992年1月17日,一辆从北京站发出的列车悄无声息地驶出了站台。这是一趟没有编排车次的专列。

载着邓小平的专列开出北京,向南方大地驶去。

原来,这是邓小平在夫人、女儿和杨尚昆的陪同下再次南下。从1月18日到2月21日,邓小平开始他的武昌、深圳、珠海、上海之行。

1992年1月19日9时,邓小平在时隔8年之后,再次乘列车到达深圳,下榻深圳迎宾馆桂园。

千里迢迢,舟车劳顿,但是,80多岁高龄的邓小平却毫无倦意。他说:"到了深圳,我坐不住啊,想到处去看看。"

稍事休息后,在广东省委书记谢非,深圳市委书记李灏,市长郑良玉,市委副书记、市人大常委会主任厉有为等陪同下,邓小平乘车观光了深圳市市容、火车站、皇岗口岸等。

车子缓缓地在市区穿行。8年前，这里有些地方还是一江水田、鱼塘、羊肠小路和低矮的房舍。

而今，宽阔的马路纵横交错，成片的高楼耸入云端，到处充满了现代化的气息。

目睹了这巨大的变化，看到了这繁荣兴旺、生机勃勃的景象，邓小平十分高兴。

1月20日9时35分，邓小平在省、市负责人陪同下，来到了曾创下"三天一层楼"的纪录、成了"深圳速度"象征的深圳市国贸中心大厦参观。

在53层的旋转餐厅，邓小平俯瞰深圳市容，看到高楼林立、一派欣欣向荣的景象，他连连点头称赞。

随后，邓小平先看深圳经济特区总体规划图，接着，听取了当地干部关于深圳的改革开放和经济建设情况的汇报。

听完汇报后，邓小平和省、市负责人做了长达30多分钟的谈话，在场的人深受教育和鼓舞。

当邓小平离开国贸旋转餐厅下到一楼大厅时，大厅的音乐喷泉随着优美的乐曲喷出图案多变的水柱和水花，蔚为壮观。

一楼到三楼站满了群众，黑压压一片。人山人海，秩序井然。人人心花怒放，个个喜笑颜开，群众在尽情地鼓掌，阵阵雷鸣般的掌声响彻国贸大厦，充分表达了群众对改革开放和现代化建设的总设计师、经济特区的倡导者邓小平的爱戴和崇敬。

看到热情的深圳人民，邓小平非常高兴，满面笑容地频频向群众招手致意。

1月21日，邓小平在省、市负责人陪同下，乘车参观了中国民俗文化村、锦绣中华微缩景区。

在"锦绣中华"的"布达拉宫"前，邓小平分别同家人及陪同的负责同志合影留念。

22日上午，邓小平在省、市负责人陪同下，来到仙湖植物园，和先到这里的杨尚昆带领两家三代人一起游览，并在一片开阔的草地上，种下了一棵高山榕。

下午，邓小平和杨尚昆在市迎宾馆接见了深圳市委、市人大、市政府、市政协、市纪委的负责人，亲切地同他们握手、合影并座谈。

1月23日8时30分，他又乘车前往蛇口。

9时40分，在谢非等陪同下，邓小平乘船前往珠海经济特区参观考察。

邓小平同前来送行的深圳市负责人郑良玉、厉有为等一一握别，向码头走了几步，突然又转回身来，叮嘱深圳市几位负责人说："你们要搞快一点！"

从19日到23日，邓小平在深圳的这段日子虽只有短短几天，却是极不寻常、极富意义的日子，尤其是其在深期间所发表的一系列重要谈话，更是影响深刻、意义深远。这些谈话概括起来主要有如下几个方面：

一是充分肯定了深圳特区在改革开放和现

代化建设中所取得的成就，明确回答特区姓"社"不姓"资"。

二是明确指出计划经济和市场经济"不是社会主义与资本主义的本质区别"，社会主义的本质就是解放生产力、发展生产力，并强调要坚持党的"一个中心、两个基本点"的基本路线100年不动摇。

三是称赞"深圳的重要经验就是敢闯"，指出改革开放要大胆地试，大胆地闯。他说："改革开放胆子要大一些，敢于试验，不能像小脚女人一样。看准了的，就大胆地试，大胆地闯。深圳的重要经验就是敢闯。没有一点'闯'的精神，没有一点'冒'的精神，没有一股气呀、劲呀，就走不出一条好路，走不出一条新路，就干不出新的事业。"

四是鼓励、要求深圳"搞快一点"，要抓住时机，发展自己，力争20年赶上亚洲"四小龙"。

邓小平说：

抓住时机，发展自己，关键是发展经济。现在，周边一些国家和地区经济发展比我们快，如果我们不发展或发展得太慢，老百姓一比就有问题了。所以，能发展就不要阻挡，有条件的地方要尽可能搞快……低速度就等于停步，甚至等于倒退。要抓住机会，现在就是好机会。

邓小平此次视察深圳，充分肯定深圳特区的建设成就，肯定创办经济特区的方针是正确的。

这是在经济特区又一次面临着重大困难、阻力和危机的关键时刻，邓小平再次视察深圳经济特区，并发表重要谈话，其意义更加重大而深远。

深圳金融业发展迅速

1979年7月,招商局蛇口工业区基础工程正式破土动工,一个崭新的外向型工业区在中国对外开放的前沿阵地宣告诞生。

这个占地面积不足10平方公里的工业区相继开创了中国诸多的"第一":第一个开放点;第一家按照社会主义市场机制运作的经济实体;第一个更新价值观念、时间观念、人才观念并突破旧的用人制度、分配制度、社会保险制度及企业管理方式的社区……

经济体制的变革、思想观念的解放使蛇口焕发出别样的生机。第九届中国电影"金鸡奖"最佳纪录片《蛇口奏鸣曲》的一句旁白道出了蛇口气质:

> 工作的效率,环境的优美,接待的礼貌,人的自主意识和民主空气,一切都使你感到清新和与众不同,只要你一进入蛇口,就会融入这种文化氛围之中。

招商银行就是在这种背景和环境下诞生的。

1984年,蛇口一片繁忙景象,当时的蛇口工业区已有上百家企业。

细心的财务人员发现，同一家银行里同是工业区辖下企业，有的在存钱，有的在贷款，一存一贷之间，一下子便损失了部分利率差。

于是，成立内部结算中心的提议，很快得到了时任蛇口工业区董事长袁庚的支持。

1984年4月，全国第一家企业内部结算中心在蛇口工业区问世，蛇口工业区所属企业在这一内部结算中心开户，再由结算中心统一在银行开户，这一举措有效地加强了工业区各直属单位资金的集中管理。

1985年下半年，国家在财政金融政策方面加强宏观控制，紧缩信贷资金。

为了使工业区可以灵活地吸收各类资金，改善原来单一地对银行负债的局面，保证资金供给，以袁庚董事长为首的工业区领导决定在内部结算中心的基础上，成立财务公司。

1985年8月21日，经中国人民银行深圳经济特区分行批准，蛇口工业区正式成立了"蛇口财务公司"。

在短短一年多的时间里，蛇口财务公司不仅在深圳树立了良好的信誉，而且取得了一定的利润，积累了创办商业银行的经验。同时，也培养了一批年轻的金融专业人员。这批人员后来大多成为招商银行的业务骨干。

1985年12月10日，在深圳视察工作的中共中央政治局候补委员、国务委员兼中国人民银行行长陈慕华来到了蛇口工业区。

袁庚董事长和蛇口工业区常务副董事长王世桢代表招商局集团有限公司和蛇口工业区，向陈慕华汇报了蛇口工业区的情况。

袁庚和王世桢在汇报中提出，我国的政治体制改革和经济体制改革的步伐都很大，发展很快，但在金融体制改革方面却很不够，除了工、农、中、建4个专业银行以外，再也没有其他的商业银行了。深圳经济特区的发展，迫切需要建立新的商业银行体系才能适应。而蛇口工业区早在1984年，就建立了自己的财务公司，能否在此基础上创建一家完全由企业持股、严格按照市场规律运作的中国式的商业银行。

这一想法引起了陈慕华的很大兴趣，她当即风趣地表示："老袁，有你在这儿，我放心！"

1986年5月5日，在得到了中国人民银行主要领导的首肯之后，蛇口工业区管理委员会向中国人民银行金融管理司递交了关于成立招商银行的报告，申请由招商局独资创办一家地区性银行。

在递交报告的同时，袁庚还给陈慕华写了一封信，请求她予以支持。

陈慕华在相关会议上讨论此事时力排众议："请大家相信，袁庚不会拆烂污的。"

1986年8月11日，中国人民银行发文《关于同意试办招商银行的批复》。

文件指出：

根据深圳经济特区的实际情况同意试办招商银行，并确定招商银行是深圳经济特区蛇口工业区投资的综合性银行，在中国人民银行深圳特区分行的领导下，执行国家统一的金融方针、政策、法规和中国人民银行制定的基本规章制度。招商银行的任务是按照国家的金融方针、政策，筹集和融通国内外资金，经营人民币和外币的有关金融业务。

1986年9月1日，根据中国人民银行的批示，蛇口工业区迅速行动，在蛇口召开了筹建招商银行的座谈会，开始了以蛇口财务公司为基础筹建招商银行的各项筹备工作。

这次座谈会经过充分讨论一致原则同意：招商银行是我国第一家由企业兴办的银行，必须十分慎重，稳妥行事。

座谈会同时建议，根据时任中国人民银行行长陈慕华的要求，由袁庚兼任招商银行董事长，并在国内金融界物色聘任资历较高的同志为行长。

1986年9月6日，根据座谈会的精神，招商局集团向中央有关部门递交了《关于开办蛇口招商银行的报告》，报告了筹建招商银行的初步意见。

1987年3月7日，经过半年的紧张筹备，中国人民银行批复同意《招商银行章程》。

1987年3月20日,招商局蛇口工业区管理委员会向中国人民银行深圳经济特区分行申请,将蛇口财务公司债权债务交给蛇口工业区总会计师室,蛇口财务公司自1987年4月1日起停止营业,以使招商银行在新的基础上开始经营。

3月31日,招商银行在蛇口工商局正式领取了营业执照,注册资本为人民币1亿元,招商局轮船股份有限公司代表招商局集团作为独家出资人。

1987年4月8日,经过紧张高效的筹建准备,招商银行在蛇口招商路举行了热烈而简朴的开业仪式。

来自国务院有关部门的负责同志,中国人民银行总行及驻深各家银行的代表,中国香港、日本、法国、美国等外资银行及驻港中资银行的代表,以及几十家新闻单位的记者数百人出席了开业盛典。

招商银行成立时只有1亿元资本金,一个营业网点,下设营业部、外汇业务部、信贷部、计划统计部、信息中心和办公室6个部门。

创办初期,招商银行的条件十分艰苦。招商银行首任行长王世祯后来回忆道:

> 当时真叫作一张白纸,什么也没有。我们一共只有36个人,大家挤在一个很小的地方。我的办公室只有6平方米,我坐着,别人只能

站在那里跟我说话。

就在如此艰苦的环境中，招行人白手起家，开拓创新，仅仅用了一年多的时间，就在各项工作中取得了新的进展。

作为一家立足未稳的金融机构，积极吸引存款，壮大资金实力是年轻的招商银行需要攻克的一大难题。

没有经验，也就意味着没有过多的束缚。于是，招商银行在按传统方法组织存款的同时，还推出了通知存款、代发工资和开展远距离服务、上门服务、星期日储蓄全天营业等经营方式。

招商银行的这些举措，既扩大了存款，又受到了客户的欢迎。

1988 年年底，全行各项存款余额达 14.9 亿元，资金自给率由 1987 年的 47% 上升到 60%。

招商银行从筹备开始，就注意按照国际惯例创建现代企业管理制度，并按当时法规制定了《招商银行章程》。

作为企业独资的银行，招商银行具有管理直接、决策迅速等优点，但在资本积累、市场开拓、业务发展等方面却存在较大的局限性。

招商银行的高层管理人员意识到，建立吻合现代企业制度要求的产权制度是招商银行走出蛇口、走出深圳、走向全国、走向世界的基石。

1987年11月16日，在招商银行第二次董事会上，王世桢行长代表经营班子，向董事会提出了向全国性商业银行发展的战略目标，提出了扩股增资的想法，将招商银行由企业独资兴办的银行改变成股份制的商业银行。

经过董事会的充分酝酿，全体董事会一致同意了这一设想，并对《招商银行章程》进行了修改。

经过半年多的准备，1988年8月11日召开的招商银行第三次董事会通过了增资扩股的方案。

1988年1月11日，深圳人民银行批复同意设立招商银行罗湖营业部，这标志着招商银行网点开始走出蛇口，走向深圳，全面进入深圳市场的竞争。

新开设网点后，招商银行克服了网点少、人手紧、知名度低等重重困难，以信誉、服务、灵活、创新为信念，努力给客户提供优质、便捷的服务，很快就赢得了口碑和市场。

20世纪90年代初，上海浦东大开发拉开了帷幕，招商银行抓住机遇，积极介入。

1990年8月19日，招商银行获得中国人民银行上海分行的支持，开始筹建第一家异地分行上海分行。

1991年2月19日，中国人民银行批准招商银行上海分行试营业，4月29日上海分行试营业。

这是招商银行第一家外地分行，它的营业标志着招商银行开始走出深圳，走向全国。

经过20多年的发展，招商银行已从当初偏居深圳蛇口一隅的区域性小银行，发展成为一家具有一定规模与实力的全国性商业银行，初步形成了辐射全国、面向海外的机构体系和业务网络。

截至2007年12月，招商银行在中国境内设有40家分行及534家支行。

在境内外权威媒体和有关机构组织的各类调查评选中，招商银行获得"中国最佳银行""中国最佳零售银行""中国本土最佳现金管理银行""中国最受尊敬企业""中国十佳上市公司"等多项殊荣，是中国银行业中公认的最具品牌影响力的银行之一。

除了招商银行外，深圳还有一家实力非常雄厚的银行，它就是深圳发展银行。

1987年12月28日，中华人民共和国历史上第一家向社会公众公开发行股票的商业银行——深圳发展银行宣告成立。

这是中国金融体制改革的重大突破，也是中国资本市场发育的重要开端。

深圳发展银行成立以来，继续以"敢为天下先"的精神，锐意进取、不断创新，由最初的6家农村信用社成长为在18个经济中心城市拥有230多家分支机构的全国性股份制商业银行，其自身规模不断扩大，综合实力日益增强。

2004年，深圳发展银行成功引进国际战略投资者，从而成为国内首家外资作为第一大股东的中资股份制商业银行。

战略投资者的成功引入，将国际先进的管理技术与本土经验有效结合，在经营理念、风险管理、财务管理、市场开拓等各个领域为深发展注入了新的活力。

2005年，深发展正式确立了"定位中小企业，打造贸易融资领域专业品牌"的发展战略，公司业务发展空间巨大。

专家态度、专业素质，高效率、高附加值，正成为深发展系列产品品牌的显著特征。

随着综合实力的全面提升，深圳发展银行在深圳、北京、上海等经济中心城市设立了分支机构，在香港、北京设立了代表处。

此后的"深发展"已经基本形成了覆盖华东、华北、西南、华南的全国性战略布局，机构与业务网络日臻完善。

深圳金融业的发展，不仅满足了深圳建设资金的需要，更为重要的是它为中国金融行业带来了不一样的东西，从而推动了中国金融行业现代化的进程。

深圳高科技引领全国

1989年7月,一个身材高挑瘦削的青年人,从合肥骆岗机场登上了飞往深圳的麦道飞机。

这个27岁的年轻人,就是后来被人称为"巨人"的史玉柱,而此时的史玉柱既无资金也无靠山,但他怀里揣着几张宝贵的软盘。

这是史玉柱从深圳大学软科学专业研究生毕业不久后再一次返回深圳。

在此之前的1986年,史玉柱得到安徽省一位副省长的赏识,这位副省长是中国科技大学教授、深圳大学客座教授,他面试了史玉柱,并将其招为深圳大学软科学专业研究生。

1988年,史玉柱产生了创办企业的理想。

1989年1月研究生毕业后,史玉柱回到合肥原单位,没几天,他就提交了辞职报告。

辞职后,史玉柱向朋友借了一台PC机,开始在家编写文字处理软件。此时,他要编一套软件,取代四通打字,直接用电脑打字。

半年之后,M-6401在史玉柱合肥的家中诞生。史玉柱送了一套给原单位。

在原单位,人们发现几张软盘一装,就能打出比四通打字机24点阵更漂亮的64点阵字，而且，编辑屏幕比四通打字机大很多，单位的四通打字机从此被放到一旁没人用了。

一看有戏，史玉柱立即揣着软盘南下深圳，回到自己最熟悉的深圳大学，偷偷"混进"学生宿舍栖身，偷偷"混进"机房，借用学校的电脑编写程序。

但史玉柱毕竟已经不再是深圳大学的学生，不久，他就被机房的管理员发现，无法再到机房"蹭"机器用了。

于是，史玉柱不得不通过熟人找到配有计算机的学校办公室，别人下班了他"上班"，别人不用计算机的时候他接着用。

在这样的条件下，史玉柱完善了M－6401桌面文字系统。

经过近一个月的努力，史玉柱在固化字体、增加字库、批处理的基础上，还解决了所见即所得的界面问题，集录入、排版、编辑、打印于同一界面，并且所有功能都以中文窗口菜单提示，经过综合压缩，保证大字无锯齿，小字笔画均匀。

此时，史玉柱确信M－6401是一个成熟产品。

于是，史玉柱就把这个软件拿去压缩成一种卡，可以装进电脑主机里。"汉卡"这个名字因此而来。

有了产品，想要把它卖出去，史玉柱还需要有个公司。于是，他联合另外三个伙伴钱宇、姜巨满、蔡玮，用他带来的 4000 元钱，承包了深圳大学科技工贸公司电脑服务部。

当时，史玉柱每月只要交一两千元固定的管理费用，剩下都归自己所有。

创业之初无疑是艰难的。

没钱买电脑，史玉柱就将自己的软件演示给卖电脑的老板看，并对卖电脑的说："我现在没钱，你让我先拿回去，等我软件卖了钱，给你多加 1000 元利润。"

卖电脑的老板居然同意了，让副经理将电脑抱给史玉柱。这名副经理后来还加入了史玉柱的公司，现在成了征途公司副董事长。

没钱打广告，史玉柱就跑到北京，闯进《计算机世界》报社广告部，演示软件给当时的广告主任贺静华看。

看到产品确实不错，或者是被史玉柱的精神感动，贺静华答应先给史玉柱做三期四分之一版的广告。

1989 年 8 月 2 日，《计算机世界》第一次刊出了史玉柱写的 M–6401 中文软件广告，几天后，广州一家政府机关打电话过来说要买，史玉柱跳上中巴就赶到广州去，留了三套软件给他们。

回来后，史玉柱立刻接到了宁波的要货电话。

就在当月，史玉柱公司收入达到 4 万多元，9 月份更是达到了 16 万元，10 月份超过 100 万元。

M–6401 开始使用后，软加密很快被破解，史玉柱又设置了加密卡。

10月，史玉柱把100万元广告费投向《计算机世界》，这个月，他的M-6401月销售额乘势攀升到了500万元。

在各种政策激励下的特区深圳，到处充满了生机与挑战，在科技领域亦是如此。

2008年10月30日，在福布斯中国400富豪榜上，位列第九的是马化腾。

在中国，或许有很多人不知道马化腾是何许人，但很少有人不知道那个以可爱的小企鹅形象为代表的聊天工具QQ。

马化腾创建的腾讯公司就是靠着这个聊天工具改变了1/13中国人的沟通习惯，并取得了广泛的国际影响。

马化腾1971年10月出生于广东汕头市。1984年，随父母迁至深圳。

1989年，马化腾进入深圳大学。进入大学后，曾经酷爱天文的马化腾在深圳大学却选择了计算机专业。"毕竟天文太遥远了。"他说。

在深圳大学的岁月，马化腾的计算机天赋已经让老师和同学刮目相看，他既可以成为各种病毒的克星，又可以为学校的PC维护提供解决方案，有时还干些将硬盘锁死的恶作剧，让机房管理员哭笑不得。

1993年从深圳大学毕业后，马化腾进入润迅公司，开始做软件工程师，专注于寻呼软件的开发，并一直做到开发部主管的位置上。这段经历使马化腾明确了开发软件的意义就在于实用，而不是写作者的自娱自乐。

而也正在这一年，马化腾的大学师兄史玉柱开发的"汉卡"软件已经红遍中国，巨人集团名噪一时。

从师兄的身上，马化腾得到了某种启示。马化腾是潮州人，潮州人那种深入骨髓里的商业细胞开始在他的身上"激活"。

当时，正是股市最红火的年代，于是，聪明的马化腾与朋友一起开发了针对股民的"股霸卡"，结果这个软件一炮而红，在赛格电子市场甚至卖到断市。

同一时间，马化腾亦弄潮股海，并在1994年完成了一次飞跃，为其后来独立创业打下了基础，那时马化腾最精彩的一单是将10万元炒到70万元。

从1998年开始，马化腾就考虑独立创业，却一直没想清楚要做什么，但创业的想法并没有起伏，他知道自己对着迷的事情完全有能力做好。

此时，工作经历使马化腾感到可以在寻呼与网络两大资源中找到空间。

1998年11月，27岁的马化腾创办了深圳腾讯计算机系统有限公司。

1999年2月，深圳腾讯计算机系统有限公司自主开发了基于因特网的即时通信网络工具，即腾讯即时通信，简称"腾讯QQ"。

于是，一个网络神话开始了。

跟其他刚开始创业的互联网公司一样，资金和技术成了腾讯最大的问题。

"先是缺资金,资金有了软件又跟不上。"这就是马化腾创业之初的写照。

就这样,这家由十多个人组成的公司,力量单薄得可怜,创业的艰难让马化腾和他的同事疲于奔命。

当时,马化腾的名片上也仅仅印了一个"工程师"头衔,当时的主要业务只是为深圳电信、深圳联通和一些寻呼台做项目,QQ只是公司的副产品。

公司创建3个月后,马化腾和他的同事终于开发出第一个"中国风味"的ICQ,即OICQ,这就是QQ的前身。

然而,这个后来风靡全国并为腾讯公司创造巨大财富的聊天工具,当时并没有给腾讯人带来太多喜悦,因为那时国内也有好几款同类的软件,用户也不多,没有人看好马化腾的OICQ。

面对残酷的竞争现实,倔强的马化腾不肯服输,他认定这个聊天工具中隐含着巨大的商机。

就这样,马化腾抱着试试看的心态,把QQ放到互联网上让用户免费使用,可是就连马化腾本人也没有料到,这个不被很多人看好的软件,在不到一年的时间里,就发展了500万用户。

大量的下载和暴增的用户量使马化腾兴奋的同时,也让腾讯难以招架,因为人数的增加就要不断扩充服务器,而那时一两千元的服务器托管费,让小作坊式的腾讯公司不堪重负。

面对困难，QQ只好去偷用人家的空间和带宽，因为没有钱来买服务器，而市场上ICQ的中文版OICQ特受欢迎，下载的人特多，2000年，OICQ的冬天到来了，第一次网络泡沫席卷了整个中国互联网，腾讯终于要出手让贤了。

2000年，QQ的团队找到了刚刚临时成立的联想投资筹备小组，结果报告都还没递到联想在深圳的负责人朱立南手里，下面的员工以看不太懂为理由，就把腾讯的人打发走了。

接下来，马化腾找到网易，但网易的负责人丁磊也没有看上QQ，因为丁磊当时更看好邮箱，他认为QQ技术含量太低。

于是，马化腾又找到广东电信，在谈价格时，广东电信只愿意出60万元，马化腾最初还答应了，但当广东电信的人来办公室收拾桌椅板凳的时候，马化腾后悔了，就这样，公司没有卖。

此时，马化腾下定决心留下这个给自己带来麻烦的"孩子"，并把它培养长大。

于是，马化腾就开始四处筹钱，国内筹不到就寻找国外的风险投资。

几经周折，功夫不负有心人，马化腾遇到了IDG和盈科数码，他们给了腾讯220万美元的投资，分别占公司20%的股份。

利用这笔资金，马化腾给公司买了 20 万兆的 IBM 服务器。

多年以后，马化腾还喜不自禁地回忆："当时放在桌上，心里别提有多美了！"

当然，马化腾很清楚，光靠国外的风险投资是不够的，他开始想办法从客户身上挣钱，因为如果每个用户愿意花一至两元的话，腾讯就有近 4 亿元的收入，这可是一笔大收入啊！

有一次，马化腾发现韩国有种给虚拟形象穿衣服的服务，于是马化腾把它搬到了 QQ 上。

为此，马化腾还找来了诺基亚和耐克等国际知名公司，把这些公司最新款产品放到网上，让用户下载。

这样一来，所有注册用户都可以得到他们一如既往的免费服务，以满足其即时通信需求，而想享受到更具诱惑力的体验性增值服务，就必须付出相应的费用。

这一措施使腾讯逐步走上了健康发展良性循环的轨道。当时，腾讯的这一块业务增长很快，有超过 40% 的用户已尝试过购买。

2004 年前三季度，腾讯盈利达 3.28 亿元。不久，腾讯成功在香港上市，又募集了两亿美元的资金。当年弱不禁风的小树苗终于长成了参天大树。

熟知马化腾的人都知道他有一句名言："玩也是一种生产力。"从玩中找到乐趣，把玩的心态和现实结合起来，不仅是马化腾发展事业的原则，也是他开发聊天软件的一个宗旨。

对创业者来说,乐趣重要;对 QQ 的用户来说,乐趣也同样重要。

马化腾经常对别人说:"QQ 有两个用途,一是商用,一是娱乐。"

因此,除了精心强化 QQ 本身的通信功能外,马化腾还一直希望 QQ 能往娱乐方面发展。

而在娱乐化方面,QQ 也可以孵化并开发出很多种个性化的产品和功能。马化腾觉得在这方面腾讯人重视的程度还不够,所以他决定把用户的兴趣点定为公司的重点发展方向。

很快,腾讯成功了。后来,腾讯 QQ 拥有超过 1.6 亿的用户群和 730 万付费会员,同时拥有 1310 万的注册短信用户,成为亚洲第一、世界第三的即时通信运营商。

然而,随着免费即时通信的不断开发和推广,即时通信工具如微软的 MSN、网易的泡泡、UC、ICQ、YahooMessenger 等,层出不穷,他们纷纷向 QQ 的垄断地位发起进攻。

面对竞争,马化腾并不担心,因为即时通信市场非常特殊,并不是简单地卖一个软件产品就可以了事的。产品、服务、运营三者任何一方面缺位,都无法满足用户的需求。

腾讯在国内运营了几年,这方面的优势已经凸显出来。而其他的新产品从构筑运营到服务体系都还有很长一段路要走。

对此，这位年轻的 CEO 举重若轻地说："在战略上我们欢迎竞争，但在战术上我们非常重视竞争对手。我们会做很多具体的分析，比较各自的优劣短长，挖掘用户的潜在需求。"

事实上，面对激烈的市场竞争，腾讯早已采取了相应的策略。

2005 年，腾讯公司在北京举行了一个活动，庆祝他们刚刚推出一年的 QQ 游戏突破 100 万用户。而 QQ 游戏的推出，正是腾讯挖掘用户在即时通信以外的娱乐需求，以应对激烈市场竞争的一个重点。

经过短短几年的发展，腾讯 QQ 的用户群已成为中国最大的互联网注册用户群，注册用户高达 2.91 亿，活跃用户 7100 万，最高同时在线用户达 600 万，腾讯 QQ 已成为亚洲最大的即时通信服务网络，而 QQ 的标志，那两只憨态可掬的企鹅更是风靡了无数年轻人。

后来，在高科技领域已有"南有深圳，北有中关村"之说，深圳和中关村一起引领着中国高科技发展的方向。

在未来，这种趋势还将继续下去。

深圳特区涌现创业热潮

1992年,一个漂亮的哈尔滨女孩刘伟宏来到了深圳。

此前,刘伟宏原本是一个国营企业的员工,可是到了1988年,她却辞掉了铁饭碗,在大街上租了一个摊位卖起了服装。

服装摊不大,她也没有什么经验,但她有女孩子的直觉,进的衣服总能卖得出去,很多女孩子都到她的店里买衣服,一个月能赚1万元。

然而,这些成功并没能满足刘伟宏的心愿,因为在她心里还有一个更大的创业梦想。

怀揣着这个梦想,刘伟宏来到了深圳。

到了深圳,细心的刘伟宏发现当时的东门汽车站具有极大的商机。在东门汽车站周边的门店,每家的汽水批发生意都很好。

于是,刘伟宏每天下班后就到汽车站附近转,看有没有机会租个铺位。当时,这里正好有一个40平方米的商铺出租,她就毫不犹豫地租下了。

由于汽车站的人流量大,汽水批发的生意很好做。很快,刘伟宏手里可运转的资金迅速攀升。

接着,刘伟宏凭着敏锐的商业眼光开始投资开酒楼,1992年至1997年,刘伟宏一连在深圳皇岗口岸、泥岗村、笋岗等地方开了 4 家酒楼，生意越做越大。

然而，就在刘伟宏租房开酒楼把地方做旺后，房主就要求提高租金，否则就不续租。

此时的刘伟宏已经深刻地认识到物业开发的重要性，做商业必须要有自己的物业。

1994 年，为了使事业走上一个新的台阶，刘伟宏凭着自身的聪慧和胆识，集中全部财力投入数千万元，开发了 1.5 万平方米的怡景大厦。

根据刘伟宏的构想，怡景大厦集银行、娱乐、餐饮、酒店、购物、写字楼等功能于一体，这在当时可谓是引领时尚的一座大厦。

与此同时，刘伟宏还成立了深圳市怡景投资发展有限公司。

就这样，一个更加适合自己发展的大舞台搭建成功了。

从此，深圳房地产界有了一个美女老板，更有了一个怡景品牌。

1992 年，深圳东园路的一家名片印刷店挂上了文具店的招牌。"都都文具"就是从这里开始的，它的创始人就是邱文钦。

邱文钦来自潮汕陆丰县碣石镇，小时因家里穷，没有念过书。15 岁的时候，邱文钦拜当地的一个木匠为师学做木工。

1988 年，刚刚兴起的打工潮几乎席卷了中国所有的内地城市，许多热血青年纷纷离乡去陌生的城市实现自己的梦想。

于是，邱文钦就和哥哥借了240元钱，坐上了开往深圳的汽车。

到深圳后，一个做装修的老乡收留了邱文钦等人，让他们在工地做工。

第一个月，邱文钦兄弟俩各领到了330元工资，除去90元的生活费，还剩240元钱。

兄弟俩长这么大还是第一次挣这么多钱，他们都非常兴奋。

到了1989年年底，兄弟俩辛辛苦苦攒到了4000多元钱。经过一番深思熟虑，兄弟俩决定跳出来单干。

于是，邱文钦哥俩便在黄贝岭租了间每月200元房租的铁皮房，印刷了些承揽家庭装修业务的小卡片，四处派发，以此上门揽一些零碎的木工活。

最初，由于没有本钱，他们只好从别的包工头手中再转包下工程中所需的木工活。这样一来，他们既不承担什么风险，也能从中赚一份比以前给别人打工多几倍的钱。

在装修这个行当中，兄弟俩因为口碑好、人缘好，许多对他们业务十分满意的装修住户，又把他们推荐给自己的亲朋好友。

于是，兄弟俩的生意越做越好，到了1990年，邱文钦哥俩手中有了一定的积蓄，已经可以自己扯一班人马独立承揽整个家庭装修工程了。

1991年冬天,一个在东园路开名片印刷店的老乡因生意不景气,欲将名片店转让出去,转承费只要3000多元。

于是,邱文钦就大胆地将这个名片店接手承包了下来,和店子一起接过来的还有原来店里的两名员工。

当时,这是一间只有7平方米的小店,一台破旧的手摇名片印刷机就是店里全部的生产设备。

然而,此时的邱文钦却是兴奋异常,因为这是一间属于他自己的店子,第一次做老板的邱文钦,被创业的激情撩得激动难抑。

一次,一位文具店的业务员来给他推销名片纸,随身的挎包里还插着一大包钢笔、圆珠笔及其他文具。

邱文钦看到这些东西眼前不禁一亮,他想:自己可以一边印名片,一边卖文具,两不相误,在名片店里卖文具也挺配套的。

说干就干,邱文钦利用自己精湛的木工手艺,在名片店的内墙一侧做了个精致的文具售货架,再装上透明玻璃,一个漂亮的售货架立马就做成了。

开始的时候,邱文钦只是在这名业务员手中购进一些文具,零星搭配着卖。

然而,月终一结账,却让他大吃一惊,原来这零零碎碎卖文具赚的钱,居然超过了每日辛辛苦苦做名片赚的钱!

看到这个现象，邱文钦顿时看到了一个好的方向。

1992年年初，邱文钦将手中仅有的7000元钱全部拿出来，用来批发一些新潮、适用的文具用品。

不到一个月，文具就销售一空，赚的钱也是以前的好几倍。

于是，邱文钦开始周而复始地进货、销货，慢慢地，邱文钦熟悉了文具这个行业，店里的文具货也越进越齐全了。

到了第四个月，手中已有两万多元存款的邱文钦为了扩大经营规模，又将名片店隔壁的一间十多平方米的发廊转租了下来，自己装修一新后，成了一间文化用品专卖店。

又经过一年多的磨炼，邱文钦的事业有了长足的发展：资金积累逐渐增多，进货渠道也越来越广，并取得了韩国、日本等七八家国外文化用品公司的代理权。

同时，加之邱文钦有深圳大企业做稳定的用户，自然而然，他的业务量飞速上升，从此一发而不可收。

1993年，邱文钦开了自己第二家文具分店。

1994年，邱文钦一口气开了4家连锁分店。第二年，邱文钦注册成立了都都文化用品有限公司。

在以后的岁月里，都都专业文具小超市在深圳成了一道亮丽的风景线。

后来，都都文化用品有限公司在全国许多大城市都开设了分公司，在深圳拥有一个2000平方米的大型配送中心和 47 家连锁分店，在全国十多个大中城市设有加盟店。

2002 年，都都文化用品有限公司与沃尔玛等国际品牌一起被深圳市评为百家优强企业和消费者喜爱的名牌商场。

和邱文钦、刘伟宏等人的创业相比，吴海军的创业规模显得更大，因为他对中国乃至世界电脑行业都产生了重要影响。

1995 年年初，深圳市新天下集团成立了，像联想集团一样，这又是一家经营电脑的公司，也是一家私营企业，它的创建人是吴海军。

吴海军于 1967 年出生在江苏南通的一个小山村里。1982 年，他考上了如皋师范专科学校，17 岁那年，吴海军成为一个偏僻山村小学的教师。

1989 年，吴海军再次对命运发出挑战：跨专业考计算机专业研究生。

结果，他的考试总成绩进入前 10 名，被东南大学研究生院动力工程系录取。

1992 年 10 月，吴海军开始了硕士论文创作，他被分派到与东南大学有合作关系的深圳亿立达公司工作。吴海军去深圳亿立达公司还有一个小插曲。

当时深圳亿立达向学校要人的时候，本来要的是计算机系的硕士生，但那时，计算机行业正开始热起来，计算机专业的硕士分配去向很好，大部分人都不愿意到当时开发程度并不很高的深圳去实习。

就这样，到最后学校只有两位女同学愿意去深圳亿立达实习。

校方为保险起见，决定增派人手，但考虑到当时计算机系再也派不出人选，昔日那位本该录取到计算机系的吴海军进入了校方的视野，而这时的吴海军也想出去闯一闯，就这样，吴海军去了深圳。

而吴海军实习的这家公司，就在深圳有名的华强北商业区。

在亿立达，吴海军每个月仅拿200元的工资，住在一个小渔村里，吃饭都成问题。但他每天仍然坚持写着海量的程序语句，做项目开发工作。

那时候Windows3.1的Beta版才刚出来，国内很少有人能够在Windows下做开发，而吴海军当时做的就是WindowsSDK等一些系统下的程序设计。

仅1993年，吴海军就写了上万行的程序行。他做什么事情都快人一步，到当年暑假，本应该到年底才完成的课题就提前完成了。

1995年年初，吴海军离开了福建中银，自己在深圳成立了新天下实业有限公司。

就这样，新天下正式成立了，一个后来对中国电脑配件市场有决定性影响力量的公司开始起步了。

没有钱，吴海军就将老家南通开办的电脑公司卖掉获得了20万元，又向母亲借走了多年的积蓄3万元，满打满算 25 万元不到。

没有办公地点，吴海军就租了一个居民住宅楼内 104 平方米的两室两厅房子。

当时，吴海军把阳台改造成仓库，两间屋子睡人，一间办公，一间做餐厅自己开火做饭。

没有人，吴海军亲自上阵，员工连他自己在内就只有 4 个人。

和一切艰苦创业、投资缺乏的小企业一样，创业之初，吴海军遭遇了很多艰难的考验。

良好的业界关系给吴海军的起步提供了很大的帮助。而吴海军和他的团队对新天下的投入更是成功的保障。

当时，吴海军等人说得最多的有两句话，一句是"趁着还有时间，赶快去吃一点饭"；另外一句是"趁着还有点时间，赶快去打个盹"。

吴海军迅速崛起的另一个原因，要归功于他的眼光，就像他成功地预测了春节将成为销售旺季一样，1995 年春天，他又一次把握住了计算机多媒体的浪潮。

创业的激情是人和，良好的业界关系可谓是地利，把握住多媒体浪潮是天时，天时地利人和都向吴海军招手，吴海军不成功都不行。

第一个月，他们胼手胝足，获得了 5 万元的赢利，初战告捷，他们一鼓作气，在第二个月再创新高，赢利达到了 27 万元，在其后短短的 5 个月内，他们奇迹般地偿还了中银的借款和利息。

吴海军按捺不住心中的喜悦，他知道，人生的第一桶金子已经被他掘到了。

从此，一发而不可收，吴海军和他的新天下开始快速发展：

1995年10月，在电影卡正逢热销旺季的时候，台湾有一批1000片的电影卡要到内地来销售，每片成本需要1000多元人民币。

由于资金压力，新天下只能吃进一半。吴海军一面积极调货回内地悄悄发售到各地，同时，他大造声势海外将有大批电影卡到货，以稳定下游商家。

另一方面，吴海军又派人在自己的店面上摆上样品出低价压对手，对手以为货源充足，恨不能快点出手，货物上柜后平价出售，新天下立刻派人全部吃进。

这样一来，市场上只有新天下一家有货出售，电影卡价格顿时在全国范围内飙涨20%至30%。

到1995年年底，吴海军清点账目，新天下获利600万元。

2001年8月，吴海军成立了神舟电脑股份有限公司。当月，神舟电脑就已经在全国家用电脑的排名中跃居第五位。

2003年9月，神舟电脑更是跃升至国内台式机市场第二位，在笔记本市场也已经进入全国前三位。2003年，神舟全年销售额近40亿元。

神舟一出道，吴海军就把矛头直指国内电脑行业的老大联想。

面对联想的各种优势，吴海军决定采取低价策略，从"4998，奔4电脑抱回家"的宣传口号，到"5980，笔记本提回家"，再到后来7999元的迅驰、6999元的迅驰2代、3999元的一体式电脑、2999元的笔记本、4999元的双核笔记本，神舟的每一个举动都在触动着中国电脑业的神经。

就这样，神舟真正开启了中国电脑的低价时代。

深圳掀起的创业潮，给深圳带来了巨大变化，一时间，从制作业到零售业，从第二产业到第三产业，每年、每月甚至每天都可能有新的企业诞生。它们的诞生，大大推动了深圳前进的步伐。

深圳成功模式享誉全国

1992年5月13日，57岁的蒋开儒怀揣2000元钱乘坐火车来到深圳。

此前，蒋开儒是黑龙江一个县的政协副主席。一个接近60岁的人为什么要放弃稳定的生活而在不确定性中奔波？

蒋开儒并不能确定，但他朦胧地意识到深圳有大主题、大题材和现代主流生活在召唤他，他要感受特区城市清新的空气、跳动的脉搏和奔走的步伐。刚到深圳，昔日的县政协副主席成了深圳一家小公司里的临时工，连住房都是几个人合租的。

然而，生活的困难并没有使蒋开儒悲观，相反，生活在到处充满生机的深圳，蒋开儒心里是快活的。

第一个月发工资，会计给了他一摞钱，这么多！他的手都有点颤抖了，会计说，你的工资是1600元，还有稿费、福利费等，一共3000块钱。

就在这种情况下，一首传遍全中国的歌曲在蒋开儒的手里诞生了，它就是《春天的故事》：

　　1979年那是一个春天
　　有一位老人在中国的南海边画了一个圈

神话般地崛起座座城
　　奇迹般地聚起座座金山
　　春雷啊唤醒了长城内外
　　春晖啊暖透了大江两岸
　　啊，中国，中国
　　你迈开了气壮山河的新步伐
　　你迈开了气壮山河的新步伐
　　走进万象更新的春天
　　……

　　歌词里唱到的"一位老人画的那个圈"已经取得了举世瞩目的成就。

　　1992年3月20日，在北京举行的每年一度的全国人大、政协"两会"上，代表们热烈地讨论了深圳的巨大变迁。

　　北京的马耀骥说："看与不看大不一样。"

　　浙江的徐起超说："深圳过去是个小渔村，我们宁波是个市，十余年过去了，差距拉得这么大。"

　　内蒙古的王维珍说："我印象最深的，是深圳人那种敢闯、敢干、敢改革、敢开放的精神。"

　　辽宁大学校长冯玉忠感到困惑："为什么辽宁人吃的是广东饼干，喝的是广东饮料，穿的是广东衣服呢？为什么在电视上看到的广告广东比辽宁多？"

　　他去了深圳以后就不奇怪了。每天从早到晚，都能看到工人在挑砖，简直是一路小跑；看不到工厂里的工人把手停下来，看不到商店里的营业员三五一群地闲聊。

目睹此景，冯玉忠说："我当时心里暗想，如果马克思活着看到这般劳动景象，他会说，我的后代懂得怎样搞社会主义了！"

……

深圳的成就是巨大的，是整个中国乃至整个世界有目共睹的，伴随这个"深圳奇迹"的出现，一门关注特区发展的"特区学"也产生了。在北京大学、中山大学、深圳大学以及社科院系统还成立了许多个学术机构来研究和解释"特区奇迹"出现的原因。

当然，不管"特区学"能否真的找到"特区奇迹"出现的原因，但是有两点是大家公认的：一是深圳特区确实取得了巨大的成绩；二是深圳特区成绩的取得离不开中央对特区采取的各种优惠政策！

本书主要参考资料

《春天的故事》徐明天著 中信出版社

《突破——中国特区改革启示录》董滨 高小林著 武汉出版社

《大突破》马立诚著 中华工商联合出版社

《难忘这八年（1975—1982）》程中原著 世界知识出版社

《转折：亲历中国改革开放》吴思 李晨著 新华出版社

《邓小平的最后二十年》余玮 吴志菲著 新华出版社

《中国经济改革30年/源头沧桑（20个第一）》王佳宁著 重庆大学出版社

《改革开放搞活一百例》《北京日报》总编室编 北京日报出版社

《大浮沉1987—1997中国改革风云人物追踪》邢军纪等著 中国税务出版社

《中国经济特区的建立与发展〈深圳卷〉》深圳市史志办公室编 中共党史出版社